是你让我意识到，
真有那么一个人，
一经遇到，
会觉得是三生有幸。

这一路只能陪你到这里了

万诗语 著

化学工业出版社
·北京·

前言

故事的开头总是这样：适逢其会，猝不及防；
故事的结局总是这样：花开两朵，天各一方。

少年时光如白驹过隙，短暂得让人觉得不曾真正把它握在手上。总以为遥遥无期的毕业，悄悄地如约而至，有些时光，在即将失去时，才发现它已深深地印在心里。
当那首告别的歌，终于轻轻地唱起，你会不会和我一样，有点淡淡的不舍和遗憾。不舍这一路陪伴的人，遗憾告别的话总是来不及说出口。

某一瞬间，你终于发现，那曾深爱过的人，早在告别的那天，已消失在这个世界。心中的爱和思念，都只是属于自己曾经拥有过的有关于青春的纪念。有些事情是可以遗忘的，有些事情是可以纪念的，有些事情能够心甘情愿，有些事情始终无能为力。
有很多事情，只有过去才能成为故事。生命中正是因为一些人的走进，所以故事才会变得那么多姿多彩；也正是因为一些人的离去，故事才会变得如此不同寻常。匆匆的相遇、匆匆的别离，体会着此间情愫，用沉默将所有的叹息隐藏。

也许我们大部分人的告别，没有那么多波折和风浪，只是一起走到了某个路口，你要去福地洞天，我却想找海市蜃楼。绿灯一亮，大家只好分头走，没有理由忧伤，没有资格惆怅。时光中每一个相遇的故事，或许有一个人生只如初见的开始，却无法拥有一个永如初见的结局。不是所有分开都是因为不爱，一季荼蘼花事了。

那些偷偷溜走的时光，虽然带走了我们最纯真的年华，但也丰盈了我们的人生，以至于午夜梦回，依然会泪流满面或是甜蜜不已。当我们将来老去时，青葱岁月里的那些故事都会成为永恒的回忆。那些曾经的过往，藏在你心底的人和事，会犹如当初一样鲜活。

青春是一场没有说再见的相逢，虽有遗憾，但仍是最美的相遇；青春是一本打开了就合不上的书，那时的爱情是扔出了就收不回的赌注；青春是年华逝去时的惆怅和相见恨晚的无可奈何；青春是一场大雨，即使感冒了，却还盼望回头再淋它一次。

青春的这场大雨，淋过、干透，看似什么都没有，却殊不知，那些痕迹，已牢牢刻在你的心底，而且残留下的，总是美好而又清澈。那些深情若许的故事，那些铭心刻骨的往昔，都不过是岁月长卷里淡淡勾勒出来的一笔。

原来那时爱过你，是我做过最好的事。

我们在同一个时区，
却有一辈子的时差。

删去成行的字，最后打了个“嗯”发给你。
没关系，不是所有的情绪都要告诉你。
比如我的不开心，比如我舍不得你。

这一路只能陪你到这里了

目录

ONE

多少浅浅淡淡的转身，有着旁人看不懂的深情

TWO

有个傻瓜爱过你，你无需知晓

THREE

我多想重新认识你，从你叫什么名字开始

FOUR

很高兴你来过，不遗憾你离开

这一路只能陪你到这里了

目录

FIVE

我们在一个叫夏天的路口离别

SIX

我会怀念你，然后爱别人

多少浅浅淡淡的转身，
有着旁人看不懂的深情

这一路
只能陪你
到这里了

ONE

一入夜盛开的，是你不知情的喜欢。
一转身记载的，是你未发觉的离散。
从动心开始，喜欢你，便是一场漫长的失恋。

你曾为谁，卑微过你的青春

ZHEYILU ZHINENG PEINI DAOZHELILE

你以为我每次快速回复你的信息只是个巧合吗？那你一定不知道，我等得酸疼的眼睛。

爱你的这趟旅程，像是一场悲伤的梦。我在梦里笑，在梦里哭，在梦里雀跃也在梦里失望，在梦里挣扎也在梦里明白。我做了所有关于你的梦，可每一个梦里都没有我。我在醒来或者睡下的每一分每一秒都像是在告诉自己，你不爱我。爱你，是一场悲伤的梦，那种卑微又委屈的梦，现在要醒来了。

很多时候，喜欢你是一种不能表达的情感，翻涌的激情在心中澎湃，但我只能任浪潮汹涌而来后，待它静静消退；万千的话语在口中即将喷涌而出，但我只能嚼碎了咽进肚子里，让一切消逝于无痕，那是一种只有自己才能体会的辛酸。现在，我要走了，你可不可以抱抱我？

明明是你偷走了我的心，但是每次目光相接的时候，先逃开的总是我，好像我才是那个小偷。擦身而过时，假装跟身边的人谈笑风生，心却随着余光里的你在走。怕你知道，又怕你不知道，然而最怕的，是你知道却假装不知道。

我无法走入你心房，只敢在梦里，轻轻地把你探望。

常常在人群中寻找你，好像看一眼就会安心。在操场、食堂、教学楼里，用很笨拙的方式向你靠近，故意在超市逗留，因为知道你也会来。拉着好朋友走得飞快，然后在你的附近又把脚步放慢，只为偷偷看你。你不知道吧，那时候每一次巧合里，都有我的努力。

你的生命里一定出现过这样一个人，他可以轻易控制你的情绪，前一刻让你哭，下一刻又让你笑。他一换语气和你说话，你就觉得世界都塌了。当你遇到一个很喜欢的人，第一反应会是害怕。越喜欢，越胆怯。喜欢这东西很奇怪，没有颜色、没有形状，却能让大大咧咧的人变得小心翼翼，又让无所畏惧的人开始战战兢兢。

“我喜欢你”这四个字，在我的肠子里绕了好几个弯，在我的胸口跌倒了好几回，爬到我的喉咙又开始胆怯，滑到我的嘴边又改头换面，最后乔装成“你好吗”又或者是“你在干吗”。我不是不爱你，只是不知道怎么说。也许爱就是这样，害羞里藏着小心翼翼。

一个人走在黄昏的树林里，寻找你曾留下的痕迹。那些枯落的树叶在脚下发出窸窸窣窣的声音，仿佛在哭泣。爱上你之后，卑微地沦落到一无所有。我爱你，注定了一败涂地。我不想从有你的梦里醒来，还在奢求你的一点儿温暖。于是，我选择结束了对你可怕的、无尽的等待。

>>>>>

卑微的爱大概就是，
我跟很多人说起对你的欣赏与想念，
却不敢当面说一句喜欢。

你一笑，曾经让我傻半天

时光的剪影里，所有的一切开始变得斑驳模糊，唯一清晰的，只有你的脸。

你一如指缝里的阳光，温暖美好，却永远无法被我抓在手心里。我曾站在你的身后，想一眼把你望进永恒里。从来没有想过，将来的某一天，你的微笑会离开我的视线。快乐是真的，喜欢过你也是真的。只是，我是千堆雪，而你是长街，日出以后，雪注定要瓦解。但那些曾经的美好，是我一生的独家记忆。

我爱简静远胜繁华，我爱清隽远胜浓艳，我爱默默不语远胜喁喁诉说。那些不能说的话，自有它们的去处，它们于寂静时在我心里燃起小小的火堆，我觉得这样的情景暖和、安静、美丽。那些不能说的秘密，会在告别后的日子里，在心里熠熠生辉。

年少的时光里，会很容易爱上一个人，十几岁的年纪里忽而一梦惊醒，想起你，便写下长长的文字寄托追寻你的心意，来日方长里一帧一帧地别在通透的心房里，占据了整整一个曾经。不得不承认，那些年，你的微笑惊艳了我所有的时光，可我的爱却注定温柔不了你的岁月。

在心里数落了你千万条缺点，
却抵不过看到你的那一眼。

你的一个眼神流转，便轻易俘虏了我的心，再没了矜持、再没了自我、再没了骄傲。为你，我情愿低到尘埃里，哪怕低到尘埃里，依旧是欢喜的，只要能够看到你脸上的微笑，淡淡地盘旋在唇角，那么于我，就是甜蜜的。别人喜欢你的美貌，而我更爱你的笑脸。

悄悄地翻过你的每一条状态，看过每一张照片，就连下面的评论也一条不落，然后再点击删除来访记录，为的就是看到你眼里那一抹惊喜的光芒，哪怕只是说一句“你竟然知道”。这一刻燃起的成就感，仿佛能盖过所有的难过和无奈。

总有那么一个人，是你的想念，是你的温暖。深埋于心底，只要想到，就觉得温暖踏实。找不到理由忘记，因为情不自禁；找不到借口放弃，因为刻骨铭心。慢慢会发现，能爱的没有别人，只有他。你喜欢他笑的样子，你想偷走他所有的痛苦，你想让他一直开心下去。即使不在身边，一想到他的笑容，便觉得这世界温柔安定。

喜欢花开的灿然，大朵大朵地怒放，如曾经的华年。再薄凉的浮生，终是依偎着青春烂漫过。是谁说过，有情不必终老，暗香浮动恰好？淌过岁月的恒河，眼睛与眼睛之间的距离，都藏在了诺言的背后。我只记住了你最初的微笑，暖若生命的灯塔。

>>>>>

你一个微笑，
我高兴好多天。
你的一句话，
我记得好多年。

十七岁时爱上的侧脸，以为那就是永远

ZHEYILU ZHINENG PEINI DAOZHELILE

想你的时候，有风经过，不要告诉它我的心事，我怕它会把我的思念带给你。

在我单薄纯真的年岁里，把你静静地隐藏在心里，我不动声色地在远处观望你，看你的笑脸、你的忧伤、你的成长，看流年浅变、沧海桑田，一直一直，以旁观者的姿势，看你走过四季的、温柔的侧脸。

你的面容，我大概只有在梦里仔细端详过，其他都是在与你并肩走过的时光里的一张模糊的侧脸。尽管岁月如白驹过隙，时光逝去久远，一旦打开记忆的窗口，你依然是我内心深处最美丽的风景。其实，最美的不是下雨天，而是曾与你躲过雨的屋檐。

我以为我会抱着一个秘密度过属于我的青春，就像所有在青春里不断成长的人一样，在某天想起来的时候，会忍不住不胜唏嘘。只是后来，当我决定把这个秘密说出来的时候，却发现这个秘密有一些短，短到只有一个名字的长度。

那年你对我莞尔一笑，
至今仍然余音袅袅。

也许，以后再也不会有如此纯粹而不计后果的喜欢了吧？也许，只是一场精心策划却毫无进展的戏剧罢了，只是青春，不就是在跌跌撞撞中走过的荆棘林吗？而遇见你的时光，尽管只是独白，也会以一封情书的样子写进时光里，简单、直接。喜欢和爱情，无论有无区别，只是于我，就像黑夜边缘一道绚烂的彩虹。

我没有很想你，只是在听歌的时候会突然想起你，因为歌词里写的好像我和你；我没有很想你，只是在逛街的时候会突然想起你，因为精品店里的那对泥人好像我和你；我没有很想你，只是在看书的时候会突然想起你，因为书中的男女主角好像我和你。逐渐明白，世界上最可惜的事，莫过于有眼睛却发现不了美，有耳朵却不会欣赏音乐，有心灵却无法理解什么是爱情，有爱却没有爱人。

那时候，我胆小的只敢望着你的背影，却不敢上前一步与你说话；故意找跟你靠近的座位上课，一遍一遍地偷看你的侧脸；也曾在半夜失眠，翻来覆去地想念你；去一条条翻看你的微博和一页一页的评论。是啊，我曾这样用心地喜欢着你，带着初恋的青涩和傻傻的纯情。

年少的时候喜欢一个人，他的一颦一笑都被深深地刻在心里，他说过甚至他自己都忘记的话，你却记得。你热烈极了，不可思议地尾随其左右，愿意随其至天涯。那样忘我的喜欢，也许是某一个动作，也许是某一种感觉，就是说不出喜欢他的原因。

>>>>>

暗恋像一条河，
游过一次，
便已是一生。

不知道你是友情，还是错过的爱情

ZHEYILU ZHINENG PEINI DAOZHELILE

我所有的好运气，好像只够遇见你，不够让你喜欢我。

你在人潮里不知所措，我却跟在你身后，伸手怕犯错、缩手怕错过。我喜欢你，但我不想告诉你，因为我怕惊动了爱情。在我的心里，把你安放在一个纯洁的角落。你在我心里永驻，所以就算将来有一天你知道了我的这个秘密，也不要因此而变得冷漠，我们还是好朋友，好不好？

我想你了，可是我不能对你说，就像开满梨花的树上，永远不可能结出苹果；我想你了，可是我不能对你说，就像高挂天边的彩虹，永远无人能够触摸；我想你了，可是我不能对你说，就像火车的轨道，永远不会有轮船驶过；我想你了，可我真的不能对你说，怕只怕，说了，对你也是一种折磨。

当我沉默地面对着你，你又怎么知道我曾在心里对你说了多少话；当我一成不变地站在你面前，你又怎么知道我内心早已为你千回百转。我爱了你那么久，以友情的名义，可我们最后没有在一起。我以友情的名义爱着你，美好又含悲伤，绝望又有希望。

我等的车总是很久才来，
我爱上的人全都是意外。

惦念这么一个人，但是你不能说，你不能破坏他的安宁，你不能增加自己的负担。伤心的时候，你希望他知道，分担你的痛苦，但是你一字不说；高兴的时候，你希望他分享你的快乐，但是你只是安静地看着他匆忙。走在街上，你问自己，是否他也喜欢这样温暖的阳光；听着歌曲，你问自己，是否他也喜欢这样的忧伤缠绵；在你出游的时候，你拍好多图片，希望他能够看到你看到的美景……但是你从来不曾说出口，他从来不曾知道，喜欢他，只是你一个人的事情，是你一个人的秘密。

久居的城市想离开，终究还是可以再回来；听腻的歌删除很久，终究可以再下载回来；分别很久的人，说不准哪天又突然巧遇。好像什么事情都有可能，可唯独时间是退不回去的，过去了就再也回不来，而那时我错过了你。

最爱你的时候，走在街上不断回头看是否有你；坐在车上对窗子呵气写你的名字；就连躺在床上看天花板都全是你的样子。我最爱你的时候，曾一星期梦见你超过七次。可是你让我觉得我们的关系不止这样，却又只能这样。如今，偶尔记起，还是会嘴角微微上扬，毕竟你给了我一段别人给不了记忆。不只是要谢谢你，还要谢谢那段时光。

听到一些事，明明不相干的，也会在心中拐好几个弯想到你。我以为，我已经把你藏好了，藏在那样深、那样冷的昔日的心底。我以为，只要绝口不提，只要让日子继续地过去，你就终于会变成一个古老的秘密。可是不眠的夜，仍然太长，而早生的白发，又泄露了我的思念。

>>>>>

你想当他的伞，
无奈却成了雨，
淋在了他的伞上，
滴进了你的心里，
他云淡风轻，
你却章法大乱。

等待你的关心，等到我关上了心

ZHEYILU ZHINENG PEINI DAOZHELILE

我不是在等天亮，我只是，等不到你的晚安。

我爱过的人，犹如爱过的电影，那情节是我的写照，结局却是杜撰的。我们走过的沧海是起始，我们看过的风景是内容，而今后的路，终是要各自旅行，再也没有爱，再也不见等待，再也没有那样的日子，鲜花盛开，你也常在。

你是一座华丽的岛屿，有自己的城堡，而我是只能将你环绕的潮水，日升月落，为你温柔地跳动。在每一个思念的夜里，我感觉到的只是等待的焦虑，体会到的只是失望和冷漠。没有尽头的等待，良久的牵挂，没有人知道我在盼望什么，没有人能明了我的牵挂，恐怕只有叫“无缘”的精灵能懂。

如果未来有一天，你爱上一个人，他对你爱理不理，欠缺热情。你会开始难受，会对他又爱又恨，抱怨自己为什么会极度渴望他的回应，为什么会在乎如此冷漠的他，却死死放不开。请你记住这种进一步退一步都难过的感觉，那就是我曾经爱过你的感觉。

也曾有过几个瞬间，
我以为，你也喜欢我。
自作多情这种事，多可怕。

你知道吗？我恨你的眼睛、你的嘴唇、你的拥抱。我也恨你逗我笑、惹我哭。但是，我最恨的却是为什么自己这么喜欢你。多想在这样的夜里约你在街口，穿过汹涌的人潮走向你，一把抱住你，只为告诉你：“我爱你，但也舍得离开你。”

我是个不善表达的孩子，太多的爱恋与美好潜藏在心里，安静地自我满足。想要告诉你那些有关于我的小幸福，想要告诉你那些遇见你之后的心满意足，想要告诉你有你在，便一片天蓝的安心踏实。可惜我不曾说出口的，你从未懂得。

我们说要向前走，想要带着光芒让喜欢的人看到，于是我们一路往前走，等到能并肩时，才发现你再怎么发光发亮，不喜欢你的人还是看不到你。索性洒脱，假装擦肩而过，虽然他不知道，这擦肩而过的瞬间是你一路飞奔的结果。

有些傻话，不但是要背着人说，还得背着自己，让自己听见了也怪难为情的。譬如说，我爱你，我一辈子都爱你。如果有一天，你找不到我了，千万不要难过，不是我不爱你了，也不是你错过我了，而是我终于有了勇气离开。但请你记得，在这之前，我真的有傻傻地等过你。

>>>>>

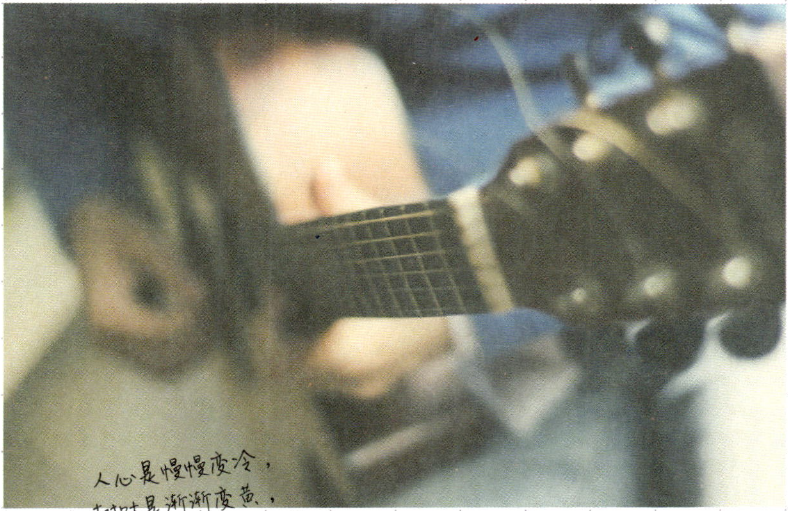

人心是慢慢变冷，
树叶是渐渐变黄，
故事是缓缓写到结局。
而爱，是因为失望太多，
才变成不爱。

有没有那么一瞬间，
你心疼过我的执着

ZHEYILU ZHINENG PEINI DAOZHELILE

好像从未得到过你，却感觉已经失去了你几万次。

时光似乎在慢慢地侵蚀着我，日复一日，年复一年。这一份埋在心底的情感，在不安中渐长，在徘徊中渐深。几经想过放弃，可就是舍不得。于是，偷偷猜想着，在你心中，我的名字是否停留过，哪怕只一秒。

为你写过长长的情书，准备过特制的礼物，可惜你不曾知晓，于是这些浪漫都搁浅了。心里的百转千回，化成了一笑而过。我此生的柔情与浪漫，被你点燃，以为会灿烂如焰火，却变成了一个哑炮，无声无息，炸碎了一场梦。

偷偷在草稿纸上写下你名字的是我；偷偷在沙子上写你名字的是我；对着反光镜哈气写你名字的是我；为了你改掉小毛病的是我；想为你瘦下来的是我；每次牵挂你的人是我。永远不知道的人，是你。

你的一句话，可以暖到我的心房，
也可以刺痛我的心脏。

我没有多大的本事，也没有比他人优秀的长处，所以在爱你这件事上，我从来没奢望得到什么回报。对我来说，能与你共乘同一辆公交车上学，已经是天大的幸运了。只是希望在这么拥挤又快节奏的世界，红灯更久一点，终点晚些到，让我能再多爱你几千米。

你的爱情是一座无人知晓的秘密花园，里面疯长着你对一个人的爱恋和祝福。你会用一分钟的时间去认识一个人，用一小时的时间去喜欢一个人，再用一天的时间去爱上一个人，到最后呢？却要用一辈子的时间去忘记一个人。

有些东西不是一复制一粘贴，它就会变成你的；有些东西不是你一按删除，就能说明它没有存在过。你删掉了为那个人写的博客，你删掉了为那个人写的日志，你删掉了那个人的照片，可是你永远删除不掉，你偷偷喜欢那个人的时候，你的执着。

你没见过我在洗澡时，因为你发消息给我，我擦擦手秒回的样子；你没见过我在很困的时候，仍然硬撑着和你说我等你睡了再睡的样子；你没见过我因为你不喜欢什么东西，去努力改变的样子；你没见过我每天没事就抱着手机，等你回消息的样子。你没见过，所以你不知道珍惜。

›››››

喜欢你，很久了。等你，也很久了。
现在，我要离开了，比很久很久还要久。

多少浅浅淡淡的转身，有着旁人看不懂的深情

ZHEYILU ZHINENG PEINI DAOZHELILE

若你眉眼为我停留过半分，怎会不知我的深情。

对不起，没有一开始向你坦诚，我可能是喜欢你的。但终究你不是我想要的人生，不是我想要过一辈子的那个人，这是一场对于我们来说都是不抱任何遗憾的错过。对不起，我要错过你了。这是我对自己说过的最难过的话，但我知道，会好起来的。

当我爱你的时候，你是一切，因为你生活才会温暖、才会快乐，你的一举一动都会在眼里，是那样的潇洒。而如今，我想要停止爱你了，想要走出情织的网，走出无望的等待。不管前面的路有多难走，我都要走出去。虽然，曾用心地爱着你。

想起当初那个让我魂牵梦萦的你和那些抬头仰望星空的夜晚，那份羞涩、单纯，终究葬在了时光里，葬在再也回不去的青涩里。只有自己知道，曾经怯怯地、沉默地爱过。在所有不被想起的快乐里，我最想念你；在所有人事已非的景色里，我最喜欢你。

我的话，如果你不能懂得，
我将以沉默作答；
我的心，如果你不能知晓，
我将用背影揭晓。

在你的心里，也一定在感激，感激生命里有这么一个人，曾经让你为他伤感、欣慰、落泪、停留，你庆幸自己从来不曾说出口的深沉、纯洁、久远的爱恋。你忽然觉得，生命里因为有了这么一个人、这么一种情，因为脱离了尘世的流俗显得高雅可爱了许多。

分开以后，我还是会忍不住偷看我们曾经的聊天记录，也会不自觉点开你的微博，翻看你每一条更新的状态。但是，无论翻多少遍，我都不会告诉你，因为既然可以成为过去，何必再强求重来，我能陪你走的路，就到这里了。

你一定不知道，在我决定离开之前，纠结了很久，来来回回地想着那些曾经，然后又拼命把自己从过去的回忆中，拉回到现实，反反复复，才渐渐明白，回不去的都是往事，或许只有离开，才能让你记得我。

我突然很想在结婚的时候，站在酒店门口迎接每一位宾客。想远远地看着你走过来，给你一个微笑，给你一个拥抱，想在台上看着台下的你温暖的眼神，想让你看到我化很漂亮的妆，穿很美的裙子，我一定要给你敬酒，也算是敬给青春吧。我曾那么喜欢你，那时候我只喜欢你。

也曾，满腔热血地陪在你身边，
只是后来，再没有那种执着和必要。

有个傻瓜爱过你，
你无需知晓

TWO

我们都不擅长告别，所以在分开的时候，
我选择和爱你时一样悄无声息。
就像雪人过完新年，会一个人拥抱大地。

说不出的话叫心事，留不住的人叫故事

ZHEYILU ZHINENG PEINI DAOZHELILE

我的心事，蒸发成云朵，再下成雨，却舍不得淋湿你。

总有一些心跳，在你灵魂的悸动中，如同昙花的闪现，梦境一般摇曳起光阴的故事。不是所有温柔地爱过，都需要晒在阳光下，当我是渴望入云的鸟，而你是林间一只拂叶穿行的鹿，我是那双默然看你一路挥洒汗水捕云逐月的眼睛。虽不能一路同行，却在无人知晓处曾竭力陪你一程。

从未开口的，是我爱你；从未结尾的，是我爱你。我爱你是窃喜、是怀疑；我爱你是执笔、是标题；我爱你是失重、是太空里的漂流；在雾沉的黄昏，我爱你是闪过的灯、错过的人，是车窗外无心看的风景，是低头一恍叫不醒的南柯梦。

如果有一天，我忍不住问你，你到底爱不爱我，请你一定要骗我。不管你心里有多么不愿意，你都不要告诉我你从来没有喜欢过我。如果我能回到从前，我会选择不认识你。不是我后悔，是我不能面对没有你的结局。

有些话，适合烂在输入框里，
所以你欠了我一句『对不起』，
而我忍了一句『没关系』。

明明那么近，却不能触碰。很多时候，明明有很多话想对你说，可是见到你的时候，却什么也说不出来。于是，用笑声来掩饰那离别的落寞，拍拍你的肩膀说“我会想念你的”，然后拼命抑制住想要拥你入怀的冲动。

我羡慕那些和你生活在同一座城市的人，可以和你擦肩而过，乘坐同一班地铁，走同一条路，看同一处风景，他们甚至还可能在汹涌的人潮中不小心踩了你一脚，说“对不起”，再听你温柔道“没关系”。他们那么幸运，而我只能从心里对你说：“我想你”。

你给了我一个若有似无的梦，我在梦中过了许多年，梦中虽然只有我一个人，但是因为有着一个等你的念头，也是感觉到幸福的。我会感谢你给了我那么多怀念与回忆，有时遗憾是美好的，若那时表白了，若那时候珍惜了，也许美好的回忆就变成另一种画面，不能预测、不可预知，爱情散场了，唯有记忆是亘古不变的。

你说暮色醉人，我就陪你等黄昏日落。你说清醒容易孤独，我就陪你酩酊大醉。你说黑夜太难熬，我就陪你日夜颠倒。有一天你说你累了，那你要记得及时道别，我怕来不及告诉你，我爱你。

因为你，放弃了太多的人，
最后才发现，你才是
我最应该放弃的人。

我做过一个悲伤的梦，梦见你爱我

ZHEYILU ZHINENG PEINI DAOZHELILE

我知道，哽咽的声音和黑眼圈，出卖了说不爱你的我。

我觉得，我对你的想念是孤独的，因为你永远不会知道；我对你的想念也是骄傲的，因为我永远不会告诉你。我一直以为我做过的最悲伤的梦，是梦见你不爱我，可是后来，我才明白，最悲伤的梦，是我梦见你爱我。

我喜欢你，与你无关，即使是夜晚无尽的思念，也不会带到天明，也许它只能存在于黑暗；我喜欢你，与你无关，就算我此刻站在你的身边，也不想让你看见，就让它只隐藏在风的后面；我喜欢你，与你无关，思念熬不到天明，所以我选择睡去，只想在梦中再一次见到你；我喜欢你，与你无关，它只属于我的心。

书上说：呼一口气，许多二氧化碳分子就离开你的身体进入大气中。有可能进入你身边的一株小草，有可能随着大气飘向异国他乡。那么，那些在我心中澎湃翻滚的对你的想念，也会随着呼吸，急急忙忙地涌到你的身边吗？你能感受到吗？我知道你没有，若你眉眼肯为我停留半分，怎会不知我情深。

比失去你更令我伤心的，
是你从来不曾为了与我在一起而努力过。

每个人的青春里，都会遇见一个没有办法在一起的人，很多时候，我们以为那是无法抵御的强烈的爱情，最后经历悲痛分别，以为人生的遗憾不过如此。等时过境迁后，再回头看看那些浪漫的岁月，竟要感谢当初的选择，因为开始懂得，原来没有办法在一起的人，其实就是错的人。

我多想把你在梦里翻个遍，却发现自己在现实里想你想到失眠。而我对你的心思，就像是一场战争，敌人和战士都是我自己，小胜或是挫败也都只是我自己，而你是这场战争的中心，却浑然不知。就好像，你是我喉咙里的一根刺，而我却是你手心里不曾注意到的一粒沙。

我做过一个很长的梦，梦里我们在六月的树荫下，放声地嬉戏、追逐，阳光透过树荫，映在我们身上。你在我前面，长发飘扬，梨涡浅笑，空气中弥漫着关于你的香气，那种淡淡的幽香，源自你的每一个动作、每一个表情、每一次呼吸。我明白，即便是在梦中，那也是最真实的爱恋。

终于明白，不是每一朵花都可以让蜜蜂喜欢，不是每一个角落阳光都能普及，不是每一个人都可以让你付出真心。爱你就像过敏，明知道不能碰，却还是碰了，因为情不自禁。我始终在你看不见的地方，悄悄地把所有心情说给自己听，可是比起笑着说再见，那时的我更愿意哭着说我喜欢你。就当爱你是一颗蛀牙，疼痛从开始到结束，而我总会找到一个好的牙医，在不触动神经的前提下，把那颗蛀牙连根拔起。

>>>>>

那时你喜欢的一切我都学着去喜欢，
你喜欢的女生，
在我眼里长出酸酸的可爱。

你在谁身边，都是我心底的缺口

ZHEYILU ZHINENG PEINI DAOZHELILE

未来你许她情长，会不会想起欠我的时光。

我有一个遗憾，在该说爱你的那个当下，我选择了沉默。我们在青涩、自私、笨拙却纯粹的岁月里，为年少的骄傲付出代价，从此在漫漫的人生中一次次错过。我不后悔，我只是遗憾，无论你在谁身边，都是我心底的一个缺口。

我看过你的很多样子，但那些在我看来你最美好的样子，都不是因为我。你说，你这辈子就只会爱一个人。那么，我何其不幸，不能成为你爱的那个人。那么，被你爱的那个人何其幸运，他抢走了这辈子我在你面前的所有幸运。

真正的放弃一个人是无声无息的，不会把他拉入黑名单，不会删掉他的电话，看到他过得好可以毫不嫉妒地点赞，即便路上碰见也可以给一个恰到好处的微笑。只是你心里清楚地知道，你们不会再热络地聊天到深夜，你不会因为他矫情到死而阴晴不定，当初那么喜欢，现在那么释然，没有犹豫，这段路，只能陪你到这里了。

多想把你灌醉，
听听你心里面的人
到底是谁。

如果一厢情愿在光阴的更迭里桑田沦为沧海，现在注定已是覆水难收，那我们在一起度过的时光便是渺茫沧海的一颗粟米。原来因生事果，也就难怪后来我念你的时光比爱长了。我比这世上任何一个人都更加热切地盼望你能幸福，只是，想起你的幸福与我无关，还是会非常难过。

我的心上有一个洞，那里埋藏着一个不能说的秘密。站在时光的罅隙边，看着羁绊远离的背影，或许你早就忘了我的微笑，可是我总是忘不了你唱过的歌、你穿过的校服，还有我写给你的无数封未曾送出的情书。这些在后来都变得不再重要，就像你爱了谁，或者谁爱着你，对我来说是无能为力的。

在电影院，女孩靠在男孩怀里流眼泪，她说她忘不了他，男孩轻轻帮她擦去眼泪，宠溺地摸摸她的头说："那你去找他吧。"电影散场，偌大的影院里，男孩哭得撕心裂肺，其实成全一个人没那么伟大。

你不愿意种花，你说不愿看见它一点点凋落。不是所有的梦都来得及实现，不是所有的话都来得及告诉你，内疚和悔恨总要深深地种植在离别后的心中。错过那花满枝桠的昨日，又要错过今朝，余生将成陌路。一去千里，在暮霭里向你深深地告别，请为我珍重。

>>>>>

从前，
我们以为爱情可以填满人生的遗憾。
后来才发现，制造最多遗憾的，
却偏偏是爱情。

你是我唱到喉咙沙哑，也未完成的情歌

ZHEYILU ZHINENG PEINI DAOZHELILE

下一次，可不可以换你，褪去一身骄傲，喜欢我到疯掉。

总有那么一个人，他就像你身体的开关，因为他一个表情，你欢呼雀跃，血液沸腾，又因为他某一个词汇，你冰冻三尺，呵气成霜。而如今，你却可以将这些统统埋进如深海般的内心。因为你知道，他是你穷极一生，也没做完的一场梦，而你是他一念之间，就刮过的一阵风。

曾以为他生性冷淡，直到看见他对另一个人嘘寒问暖。他纵有千个优点，但他不爱你，这是一个你永远无法说服自己去接受的缺点。不适合的爱大概就是你不能让他快乐，而他也只能让你哭。

有一句很美的话，说蝴蝶飞不过沧海。喜欢上你以后，我才明白，其实不是蝴蝶飞不过沧海，只是当蝴蝶千辛万苦飞过了沧海才知道，沧海的这一边，从来都没有过等待。曾经的我就好像是这只千辛万苦想朝你飞来的蝴蝶，而你，是这片从来不曾等待蝴蝶的海。

如果你要提前下车，
请别推醒装睡的我，
这样我可以沉睡到终点，
假装不知道你已离开。

我想对你好，却不知道你想要什么；我想跟你聊天，却不知道你喜欢听什么；我想表达我自己，却不知道你喜欢怎样的我。可你从来都不知道，我内心深处如此这般的温柔与不安，百转千回的小心思和手足无措的慌乱，都是曾经爱你的蛛丝马迹。

有时候，我选择与你保持距离，不是因为不在乎，而是因为我清楚地知道，你不属于我。人生遇到的每一个人，出场顺序真的很重要，很多人如果换一个时间认识，就会有不同的结局。或许，有些爱，只能止于唇齿，掩于岁月。

从前想你的时候，总是兴奋地写上一大段，却迟迟无法按下发送键；后来想你的时候，总是抓出脑海中的只言片语，却拙于表达，写不出一个完整的句子；而现在想你的时候，我不再想为你做些什么，只是想想你，放一首自己喜欢的歌，然后静静地睡着。

在爱情里，没有先来后到。即便我拿着可以爱你的号码牌排在最前端，你也可能忽略掉我爱上置于我身后的任何一个人。你永远也看不见我最爱你的时候，因为我只有在你看不见我的时候才最爱你；你永远也看不见我最寂寞的时候，因为只有在你看不见我的时候，我才最寂寞。

但愿对你爱得死去活来、
彻夜难眠的人，
一觉醒来，
便再也心动不起来了。

你 不 爱 我， 我 不 怪 你

ZHEYILU ZHINENG PEINI DAOZHELILE

大概你永远也不知道，我曾为你哭到喘不过气的样子。

我的离开，没有尘世的牵绊，没有啰唆的尾巴。我对你的爱恋，没有俗艳的锦绣，也没有混浊的泥汁，简明、利落、干净。我一直觉得这种爱，古典得像一千年前的庙，晶莹得像一弯星星搭起的桥，鲜美得像春天初生的一抹鹅黄的草。在彼此心里，永不老去。

每个人都有一场爱恋，用心、用情、用力，感动也感伤。我把最炙热的心情藏在那里，你不懂我，我不怪你。每个人都有一行眼泪，那是喝下的冰冷的水酝酿成的热泪。我把最心酸的委屈汇在那里，你不懂我，我不怪你。每个人都有一段告白，忐忑不安，却饱含真心和勇气。我把最抒情的语言用在那里，你不懂我，我不怪你。从阴雨走到艳阳，我路过泥泞、沼泽，你不曾爱我，我亦不曾怪你。

暗恋是所有感情里最绵长持久的情感，可与生命相媲，与死亡抗衡。爱情难免有消磨殆尽的时候，唯有暗恋，它永远都是花苞，永远都不曾绽开，所以它从不会老，经得起时光任何形式地锻打和折磨。哪怕在很多很多年以后，它仍然会那么美，如同白墙上的映画，摇曳在暗恋者的心底，生动鲜活。

我曾路过你的心，
不是我不想停留，
而是你不肯收留。

习惯一个人在雨中看风景，能让心情很静很静，似乎每滴雨都裹着我的身影，滋润着我的眼睛；习惯一个人看天上的星星，能让思念很浓很浓，似乎每颗星星都闪烁着你的神情，羞红了我的颜容。我想要的幸福，或者是你偶尔的关心；我想要的幸福，也许只是你抽空而来的微笑。我想要的，只是一个拥抱，不用太温暖、不用太力道，轻轻抱抱就好。

透明的雨衣放在院子里晒太阳，金黄色的光晕在雨衣身上画着地图，哪一条路线才是通往你心里的捷径，我不知道。街口的桃花迎着春风笑开了怀，满满都是四月人间的味道，你的影子在哪里停留，我不知道。而我想要的无非是爱和安全感，而你却一样都给予不了，我明白的。

暗恋是一出最美的哑剧，是一场寂寞而甜蜜的守候，无望，却总是让人充满期待。因为无论是喜是悲，是苦是乐，是爱是恨，是泪是笑，都是自己曾用心经历过的，而且都是与他有关的，所以，无论是什么样的结局，都是值得记住和回忆的。

如果我爱你，而你也正巧爱我。你头发乱了时候，我会笑着替你拨一拨，然后，手还留恋地在你发上多待几秒。但是，如果我爱你，而你不爱我。你头发乱了，我只会轻轻地告诉你，你头发乱了哦。这大概是最纯粹的爱情观，如若相爱，便携手到老；如若错过，便护你安好。

喜欢上一个人是什么感觉？
既心软，又敏感。

有个傻瓜爱过你，你无需知晓

ZHEYILU ZHINENG PEINI DAOZHELILE

我给自己的结局，就是爱过你。

不能喊出的那个名字，是我心中的一个暂时的梦，总以为有一天自己能够自如亲切地趴在你怀里呢喃你的名字千遍万遍。可太多时候，缘分的阴差阳错，让你的名字成为岁月长路上一个硬硬的核，包在错过的遗憾里，凝成一枚琥珀。

如果说，你的美丽，需要用我的泪水来点缀，那么，我请求你，把我所有的思念都带走，我不想蜷缩在阴暗的角落里独自舔舐着伤口。如果说，那过往的风，只是没有方向地漂泊，我希望，那流过的云，可以带走我全部的记忆，我不想在每一个花开花落的季节里，想起你。如果我走在路上遇见了你，我一定不会走上前去同你打招呼。我一定会在你未发现我之前，早一步转身离开。你一定要原谅我，原谅我只是从你身旁路过。

爱情是世界上最没道理的东西，它不是天道酬勤，不是你通过辛勤的努力和付出就能得到百分之百的回报；它不是数学题，只要演算方式无误就一定能找到正确的方向和出口，求到正解。头脑可以接受劝告，但心却不能，而爱，因为没学地理，所以不识边界。我是个傻瓜，是个心里只有你的傻瓜，而你也是个傻瓜，是个连我的心都不明白的傻瓜。

那时，在心底偷偷喜欢着你的我，
真像一只守着宝藏的巨龙，
凶猛又天真，强大又孤独。

那样偷偷地爱着的时光，虽然美好，却也令人纠结。一段感情，没有对错，却奈何没有结果。有些暗恋，辗转于心头。曾经一瞬间的心动，或许在多年以后还尘封在心头一隅，在静谧的夜里想起，绵绵不绝。

能够称得上爱情的，很多时候，它是一种不能表达的情感，翻涌的激情在胸中澎湃，只能任浪潮汹涌而来而后待它静静消退；万千的话语在口中即将喷涌而出，只能嚼碎了咽进肚子里，让一切随着时间消逝于无痕。

我从来没有想过要用离开的方式，让你学会珍惜，也从来没有想过用放弃的方式，让你后悔，只是我爱了你好久好久，你都没有给予我回应，我只是累了，要离开了。

我相信，爱的本质一如生命的单纯与温柔。我相信所有光与影的反射和相投。我相信满树的花朵，只源于冰雪中的一粒种子，我相信，三百篇诗反复述说着的，只是我没能说出的那一个字。其实，我盼望的，也不过就只是那一瞬，我从没要求过，你给我你的一生。

›››››

独自喜欢一个人的时候，
吸进来的都是勇气，
最后吐出去的都是叹息。

因为你，我变成了更好的自己

ZHEYILU ZHINENG PEINI DAOZHELILE

你永远无法与我擦肩而过，因为我，藏在全世界每一首情歌里。

我曾经偷偷地喜欢过你，那种感觉从未在我心里消失，但愿它没有打扰到你。我曾经毫无指望地喜欢过你，既有嫉妒，又有羞怯。我曾经为了能与你并肩，默默努力成长，正是因为遇见你，我才变成了更好的自己。

或许爱情的最后，难免会被消磨殆尽，但是暗恋不会，它如同一个不能说的秘密，自始至终都能以自己丰沛饱满的存在形式，像一首诗，一首长长的史诗，藏在暗恋者的心里，吟咏不止。它让我们在此后漫长的人生里，始终怀有一颗敏感而温柔的心，在平凡琐碎的生活里，学会用心去爱。

我在安暖的流年里，安静地想念着汗珠从你的发梢甩落的样子，你骑着单车飞驰而过的样子，你冲着夕阳吹口哨的样子……那些我再也看不到的样子。当我终于变成想象中的美好，却再也无法站在你的身前说一句“我喜欢你”。

我们总该庆幸，自己的青春里有过爱，有过光。那个人，虽然没有最终进驻我们的生活，却一直住在我们的心底，住在我们无尽怀念的精神里。在夜深人静时，在某一风起时，在快乐或者不快乐时，便会静静地与他说话，他是一个最长久的秘密，美丽而坚韧。

你是我荒芜岁月中最亮丽的风景。我曾站在你看不见的角落，默默期待，用我最纯真的如花笑靥，期待你的回眸。纵然多少回的等待，没能在你的心中开出花来。如今，你即将飞往另一个我力不能及的美丽的远方，但我依然感谢，因为我曾那么用心地想要与你比肩，至少我的青春，不算空白。

时光不会倒退，所以那些偷偷摸摸、小心翼翼的年华再也回不去了，记忆里的少年或许正在大洋彼岸，或许近在咫尺，却没能相见。但我仍相信，在未来的某一天，我会全然释怀那些不安的昨天，然后在朋友的聚会上再次与你相见，落落大方地走到你面前，微笑着说："年少时我喜欢过你，曾经，它是我的秘密。"

远远地观望，远远地看着他笑，就如一杯咖啡，苦涩中却有一丝甜蜜。经历过许多，然后长大了许多，这才发现，这会是我们一生最美好的回忆，没有伤害，只有成长。每一个人，都是另一个人的风景，时光列车飞快行驶着，总是不能及时停站，无法逆向行驶往回走，不管当初那场错过是不是过错，只愿日后各自安好。

>>>>>

所有的暗恋者都是丑小鸭，
我们会怀念当时的脆弱和寒战，
在后来的时光里羽化成天鹅。

我多想重新认识你，
从你叫什么名字开始

THREE

仿佛每一次遇见，都是为了来日的离开。
即便知道最后都要离别，
却依旧有那么多人，一往情深地期待着相遇。

很久很久以前，我遇见你

ZHEYILU ZHINENG PEINI DAOZHELILE

后来我遇见过很多阴雨天，却再也不敢冒雨去见你一面。

不求你深深记着我一辈子，只求你别忘记你的世界我来过。不是每个擦肩而过的人都会相识，也不是每个相识的人都会让人牵挂，至少在我们的今生，在那个地方，在一转身的时候曾经相逢过。你要知道，偌大的世界，能和你相遇真的不容易，感谢上天，给了我们一次飞花般烂漫的相逢。

亲爱的，是你让我明白了，人生有太多的遇见，擦肩而过是一种遇见，刻骨铭心是一种遇见。有很多时候，看见的，看不见了；记住的，遗忘了。无论在对的时间遇见错的人，还是在错的时间遇见对的人，都是一种缘分。

时光太瘦，指缝太宽，一个不经意，流年已经把故事写好了结局，有些人注定消散在清风明月里，有些缘注定要飘零在落花流水间。如果所有的错过都是为了遇见，如果所有的眼泪都是学会珍惜，那我何其有幸，遇见那时的你，至少爱过你。

曾经遇见过的那个你，
那么深刻的经历，
如今，不过是一纸人名。

假如人生不曾相遇，我还是那个我，偶尔做做梦，然后淹没在这喧嚣的城市里。我不会了解，这个世界还有这样的一个你，让我回味，让我心醉。假如人生不曾相遇，我不会相信，有一种人可以百看不厌，有一种人一认识就觉得温暖。

时间总是在不经意间从我们的指间流逝，我们能抓住的唯有记忆，包括伤悲的、美好的过往。青春总需要一些疼痛让我们刻骨铭心，总需要一些伤疤证明我们年少过。你的样子在我的心里总是那么清晰，原来曾经的你占据了我整个青春，纵然时光把你从我身边带走，但至少你曾在我的生命中出现过。有些人不属于自己，但是遇见了也好。

在年少的时候，如果你爱上一个人，请你一定要温柔地对待他，不管你们相爱的时间有多长。若不得不分离，也要好好地说声再见，也要在心里存着感激，感谢他给了你一份记忆。长大了以后，你才会知道，在蓦然回首的刹那，没有怨恨的青春才会了无遗憾，如山冈上那轮静静的满月。

曾在茫茫交汇的眼神中，望见你，是缘分所说的注定，像一片彩云从我眼眸飘过，比雪花还要轻盈，比春风还要多情，比阳光还要温存。分别时，你动情地向我挥挥手，我的心沸腾着。那一刻，我知道，自己将永远把你铭记。

怀念是个安静的动词，
因为持续一生的感伤，
藏在这种安静里。

你是我这一生只遇见过一次的惊喜

ZHEYILU ZHINENG PEINI DAOZHELILE

可能你只是我生命里的一个过客，但我不会再遇见，第二个你。

曾以为，最有意义的远行，是世界上每一个值得去探究的角落。直到遇见你，才深深地明白，所谓远行，不过是走向你的那段距离。曾以为，最富有期盼的眺望，是世界上每一个值得去沉思的山水河流。直到遇见你，才明白，所谓期盼，不过是当我看向你时，你刚好能感应到我默默藏起来的情感。

一个人一生中至少该有一次为了某个人而忘了自己。可是，生活中，偏偏这个人我们遇见了，却来不及相识；相识了，却来不及熟悉；熟悉了，却还是要说再见。爱情于我们，仿佛一个懵懵懂懂的梦，梦里哭，梦里笑，梦里海誓山盟，梦里柔肠百结。梦醒了，却发现我们已度过了人生中最美好的时光。

这世界所有的缘，在眼光交汇的那一刻，抵得上人间万千的暖。或许这一生，总有一抹眷恋是你的千回百转；总有一抹牵念越得过千山万水的远；总有一个人是你心底的永远；总有一段情是你刻骨铭心的回眸。

最美妙的时刻不是热恋，
而是曾有人忽然闯进你心里，
那时仿佛一瞬间拥有了新的世界，
让你相信所有剧本都是为你而写。

时光模糊成一首拖沓的诗，所有的故事不过是相遇后分离，你慢慢消失在幽深的梦境。我想过我们之间的一万种可能，但最终只有一种是真的实现了，那就是没有郑重其事地道别，就消失在彼此的生活里。从此不见，只剩怀念。

在最美好的年华，在最适宜的时间，我们演绎了一场人间最诗意的遇见。从此，我的梦境不再孤单，因为有爱的心，无数的时光，便是无数的欢乐，是无数美丽的心情在闪烁。看到的每一张面孔都是温馨的花朵，都在向世界含笑致意。

望着你，像一片彩云从我眼前飘过，比雪花还要轻盈，比春风还要多情，比阳光还要温存。你动情地向我挥挥手，我的心沸腾着，毫无疑问这是遇上了天使，是我朝思暮念的天使。你浅浅的回眸一笑，唤醒了我的灵魂，开启了我此生最美的一段时光。

偶尔会想起，想起某些曾经遇见，未必能再遇见，甚至会成为永不可见的人。像季风过境，午夜梦醒，记忆芳菲。你，曾经遇见谁？带着思念，穿越漫长的冬季，拥抱春花烂漫。如果时光不记得，那是不是青春在和我们捕风捉影。那些生命中温暖而美好的事情，我们可不可以一起怀念。

>>>>>

运气都用来相遇，陪伴就成了奢侈

ZHEYILU ZHINENG PEINI DAOZHELILE

为了遇见你，竟花光了我所有的好运气。

难为你走了那么多路和我相遇，也庆幸在这匆忙的年纪里抓住了你。未必懂事，未必成熟，也未必能道得出爱与喜欢的意义。只是遇见你以后，我开始享受你给予的所有温暖，也开始变得患得患失，开始渐渐明白喜欢一个人是什么感觉。但那时我还不懂，这一次遇见，竟花光了我所有的好运气。

也许一场大雨，错过一天阳光；也许一次停驻，错过一路风景；也许一席酒醉，错过一夜好梦；也许一个号码，错过一个老友；也许一段暂离，错过一次来访；也许一个转身，错过一段邂逅。寻寻觅觅中，回首千遍。不停地遇见、错过，再遇见、又错过。当曾经珍爱如生命的人形同陌路时，才恍然大悟，曾经以为的天长地久，其实只是萍水相逢。

生命里总有一些相遇注定是没有结局的，就像飞鸟遇见鱼，是个美丽的错误，彼此永远没有交集。我的一见钟情是那么铭心刻骨，这份惊喜是那么欢乐而无助，我只是你生命里的过客，却错误地把你当成我的归宿，当马蹄声远去，才由不得我们不醒悟。

最难过的，
莫过于当你遇上一个特别的人，
却明白永远不可能在一起，
或迟或早，你不得不放弃。

有人说，错的时间遇上对的人是一场心伤，在对的时间遇上错的人是一声叹息。可我在什么时间遇上了你，是一场没有相遇的开始，还是一场没有结局的忧伤？我们边走边爱，也试着边走边忘。错落的思绪，一路找寻，一路回味，却还是逃不出宿命布下的局。

每次不带伞天就会下雨，每次玩游戏都会输，每次翘课就会被点名，长这么大，却从来没有中过奖。我一直觉得自己是一个运气不太好的人吧，是全世界最可怜的倒霉蛋。可是直到我遇见了你，我才知道，原来我的所有好运气都储备起来了，用来遇见你。

你住的城市下雨了，很想问你有没有带伞。可是我忍住了，因为我怕你说没带，而我又无能为力，就像我爱你，却给不了你想要的陪伴。我知道遇见有两个部分：一个部分叫缘分，另一个部分叫徒劳无功。

有时候你以为会是一生一世，但最后却发现一个瞬间就可以改变所有。我们一路成长，学着接受，接受世事无常，接受分道扬镳，接受与那个有着几百页聊天记录的人走到告别的季节。可是你也明白，真正的离开，是永远不需要说再见的，在你心里，你们从未分开。

›››››

这个世界上最残忍的一句话，
不是对不起，也不是我恨你，
而是，我们再也回不去了。

刚认识你的时候，
没想到会发生那么多故事

ZHEYILU ZHINENG PEINI DAOZHELILE

是否当初不加你好友，就不会有那么多温存的故事。

某年某月某日，我看了你一眼，并不深刻。某年某月某日，意外和你相识，无关心动。怎知日子一久，你懒懒幽幽地停在我心上。爱我的人很少，可当初你说你爱我的时候，突然觉得整个宇宙都对我充满了爱意。

有些人，来了终会走；有些情，只是一片浮云。一枚叶子从眼前飘落，再也寻不到它的踪迹。我选择了与你诀别，隔着光阴的距离，此生便无法再次靠近。一如你途经了那朵小花的绽放，而那时我恰好莞尔一笑。

或许，我们之间不存在一见钟情的浪漫，可着实有着数遇倾心的美丽。你的笑颜在那个夏天留在了我的回忆里，当画面溜过脑际，你傻傻的笑脸覆盖了整个世纪，你的美好成了这些年最深刻的感动，看着你傻笑的样子，我不禁微笑着盯着你，多想你没有转过头，不曾在人海中消失。

若不是因为遇见你，
今后的时光怎会那么漫长。

我一直在怀念那个春天，几只俏丽的蝶儿在花丛中翩翩飞舞，如你的发辫在我眼前晃动着美丽的弧线。我想，那美丽的蝴蝶一定是你发梢的情思，在我的心灵里一遍遍地飘动。不知道我应该是感念那次偶遇，还是应该感念那个春天，自从那天遇见了你，我的日子里便阳光四溢，我的青春从此茁壮而富有情趣，我的心灵便阳刚而富有柔情。

夕阳弥漫在教室里，美的不是温暖的夕阳，而是你的课桌；玻璃窗外飘洒着细雨，美的不是掠过的风，而是你站立的位置；铁丝网分割这被白雪覆盖的操场，美的不是纯洁的白雪，而是我站在那里，一转身，看见了你。

学校的展览墙上，张贴了你画的一幅写意画，画里的一笔一彩穿透了我的眼眸，倒影来到了我记忆的海，平静的海面有你梳妆的样子。我屏住呼吸，我怕一丁点的涟漪弄丢了海面的倒影。哦，忘了告诉你，刚刚认识你的时候，没想到会发生这么多故事。

如果没有失去，人就不会懂得珍惜，如果没有感受到甜蜜幸福，也不会为分别痛苦。如果能在开满了栀子花的山坡上，与你相遇，如果能深深地爱过一次再别离。那么，再长久的一生，不也就只是回首时那短短的一瞬。爱，那么短，而回忆却那么长。这短短的一瞬，会在不经意间刻骨。

》》》》》

如果你还记得你们第一次见面的场景，
那么说明你们的缘分还没有尽。

你是一只蜻蜓，飞过我的湖心

ZHEYILU ZHINENG PEINI DAOZHELILE

认识你之后，每天都在心里祈愿有情人终成眷属。

窗外的风景在年月的更迭里又一岁荣枯，那些念念不忘的人，在我年轻的生命里徘徊了几次，便只留下一生的寂静任我回溯。我辗转于朋友那听到你的消息，大概我们浅尝辄止的缘分，使你似蜻蜓点水般在我心间荡漾起轻浅的涟漪，最后一切终归寂静。

虽说我们只是一次偶遇，但它已是我心底的一份礼物。这就注定了，我以后的思念会是一首吟咏不尽的老歌，歌中你会把我的梦连同情感一起带走，用你阳光温暖过的思念来安慰我的心灵，用你天籁浸渍过的声音来润湿我的心田。我只能在一遍遍的怀念中与你相望，让你轻灵的身影从我眼前掠过，温习我们相遇的场景。

我想把你遗留在青春飞扬的回忆里，了了心愿，与自己约定好彻底告别的日子里，思念变得似乎没有那么深。这样没有爱、没有喜欢、没有那么多情绪的生活，大概我也不会干涸。只是某天无意中看到和你相似的背影，突然那么庆幸，曾经遇见过你。

听说，后来有人提起我是你的初恋，
你曾几度红了眼眶。

时光中相遇的故事，或许有一个人生只如初见的开始，却无法拥有一个永如初见的结局。那些深情若许的故事，那些铭心刻骨的往昔，都不过是岁月长卷里淡淡勾勒的一笔。来了，又去了，生命不过是一场叶落匆匆，一个转身，那个熟悉的身影就已融入到茫茫人海，无处找寻。

有些遇见，不是为了有更好的结果，只是为了在最美的时光遇见最美的人；有些人，不是为了得到，只是为了能在同一片天空下呼吸而满足。许多美丽的邂逅，不管最终结局如何，都改变不了它曾经炽热地怒放过，然后，在彼此的记忆中撒下了一粒永远不会发芽，也永远不会腐去的种子。

我们曾是两个淋透了雨的人，都没有伞，慌慌张张地躲进了同一个屋檐。碰巧发现彼此有同样的目的地，于是有勇气并肩一起，散步淋雨。那一路多开心，因为舍不得再见，所以宁愿人间的风雨别停，天别晴。

总有这么一个人，会让你毫无原因地笑起来。初恋真是一种奇妙的感情，曾经的陌生人，因为一场相遇，突然之间就闯进了彼此的世界。我相信这世界上，有些人，见到一次，就注定要羁绊一生，就注定像一棵树一样，生长在心里，生生世世。

›››››

不要在十七八岁的时候爱上一个人，
因为那个人，会是你最爱却永远得不到的人。

青春里，那场谁都会遇上的爱情

明明只看了你一眼，脑海里却和你过完了一辈子。

在和你相遇的时光里，我从来没有掉过一滴后悔的眼泪。因为当我遇见你的时候就知道，我的整个青春都将与你有关。对我来说，爱是即使零分也愿意接受的不期而遇，何况你对我来说，已经是百分了。

什么是喜欢？就是淡淡的爱，慢慢的情。当他走进你视线，全世界都是黑白，只有他是彩色；当他与你说话，你觉得胸闷气短，脑袋好像被大锤撞过一样智商为零；和他在一起的每一分每一秒，你都记得清清楚楚，并提醒自己永不忘记。

青春，是岁月刻意为我们留下的一道伤口，慢慢地痊愈，却留下了清晰的伤痕。那么刻骨铭心，不至于沉闷得让我们无法呼吸，却又无比真实地让我们莫名地感受到那一路走来的、浅浅的疼痛。那痛，无言、明媚、伤感，值得怀念。

BEST

当初喜欢上你，是因为你带给我不一样的感觉，那种痒痒的，却舒服到心里去的感觉。一句普通的话，在你嘴里说出来，我感受到的也不一样，你给我带来新鲜，是我从来没有过的感觉，而这一切，在离别后的每一天都翻滚在我的心头，像是初食人间美味，妙不可言。

喜欢的确是一件无比温暖的事情，只要心里喜欢着，哪怕是一个人，也可以在任何一个微小的时刻去惦念、去挂记那些不该被遗忘的美好片段。纵然最后不能在一起，但是那些美好，却是谁也擦不去的。

很久以后我才发现，当初的我一直强行把一些东西送给你，我的时间、我的爱、我的胡搅蛮缠、我的狰狞和可爱。我从没问过你想不想要，我只知道，曾经给过你的这一切，再没给过任何人。

不是所有分开都是因为不爱，即便分开，倘若某一天某一个时刻，不经意间看到彼此曾经的照片曾经的留言，能发自内心的微笑，那一定是对过往爱情最好的纪念。原来那时爱过你，是青春里一场注定遇见的爱情。

›››››

总有一些遇见，
无关天涯海角，
只是一场宿命的邀约。

我多想重新认识你，从你叫什么名字开始

ZHEYILU ZHINENG PEINI DAOZHELILE

我多么想和你见一面，哪怕只能笑着说一句“好久不见”。

一直在想，如果在那个时间，那个地点，我没有抬起头，没有在那个桃花春雨的季节，遇见那缕含水的眸光，是否这以后的光阴，就不会这么漫长了。如果时光可以倒着走，我还是会想起第一次遇见你时，达到了110次的心跳，还是会想起，在喜欢你的无数个日夜里，每天都在演算一个对你告白的公式。

我多希望能在街角遇见你，然后轻松自然地对你打招呼，说：“嗨，好久不见。”记忆里的青葱年少，心爱的人依旧年轻，但是，回忆已然暮暮迟缓。多少人的情感大抵如是，都付于一片断壁残垣。我很想回到那段时光，去见见你也好，却终是回不去了。

在我们每个人的内心深处，都藏着一个人，每次想起他的时候，会觉得有一点点心痛。但我们依然愿意把他放在心底。就算今天，我不知道他在哪里，他在做些什么，但至少知道，是他让我了解什么是爱情。如果时光能够倒流，我想我会和你重新相爱。

因为年少，
总觉得前面的时间很漫长，
长得一切皆有可能重新来过，
却不知道时光的河，
只能往前流，
从来没有重新来过。

那时候我们说话都喜欢用终于，就像终于放假了、终于毕业了、终于离开这里了、终于过年了，仿佛任何的告别都像是一种解脱。后来我们才发现，那些自以为是的如释重负，才是让人想念的东西。没什么会等你，就像所有的曲终人散和分道扬镳，到最后可惜的不是离散，而是没有好好地和那些告别。

每一段真挚遇见的开始和分别，都是由不得我们控制的。一个人的出现和离去，不会因为你在哪个路口说了哪句话就能改变的。而我越来越懂得，命运无论如何重来，我们依然会义无反顾地相爱和分开，我感谢这样的安排。

那时候只要我们在一起一天，我都会把我能给的、最好的，全部给你。没办法，我就是喜欢你，不管别人怎么看，我还是想跟你在一起。不管别人说了什么，怎么评价你。你就是你，无可替代。还要谢谢你，那时年少，敢和我相爱。

有时候恍惚回到从前，阳光晒得那么耀眼，家长的自行车、穿校服的同学和书包里的作业本，空气里有青涩的味道。错乱中好像感觉到你的影子在后面看着我，等着我回过头，等着我看到你，好给我一个微笑。我多想重新认识你，从你叫什么名字开始。

>>>>>

把春暖花开、草长莺飞都留给你，
那些又冷又笨又重的思念，
留给我慢慢吞下。

很高兴你来过，
不遗憾你离开

这一路
只能陪你
到这里了

FOUR

在缘有轮转的世界里，在留有遗憾的青春里，
其实谁都没有错，都是命定的缘分，
来的时候无法躲避，走的时候也无法挽留。

明明是你先靠近我的，最后舍不得的却是我

ZHEYILU ZHINENG PEINI DAOZHELILE

分别之后，我会瞒着所有人，继续爱你很久很久。

我知道，当你爱我的时候，是真的爱我，当你不爱我的时候，也是真的不爱我了。感情这种东西，是最难伪装的。我无法挽留，因为没勇气。不再打扰，是因为觉得自己不重要。所以对于那些已然逝去的感情，选择不责怪，是我对你最后的温柔。

回忆这东西若是有气味的话，那就是樟脑的香，甜而稳妥，像记得分明的快乐；甜而怅惘，像忘却了的忧愁。一段说长不长说短不短的感情，才忘得那么慢，好像经历了所有事，又好像还有很多没有一起做过。你来的时候，只带来了笑容。你离开了，却留下了数不完的瞬间。折磨人的不是离别，而是感动的回忆。

那个用荧光笔在墙壁上悄悄地写满你名字的女孩，她在你不知道的哪一天，在每个名字后面加了一个“再见”，后来她搬了家，连那些字也被灰尘带走了。很多人你不再念便不再见，如果有人在时过很久之后，给你一句想念，请珍惜这翻过千分万秒的思念。若不是情深入骨，何苦念念不舍。

动心的时候万物复苏，什么都奔向欢喜。
分开的时候销声匿迹，一切都归于叹息。

我们都以为长大以后，就能真正地永远相伴，于是不惜一切代价地拼命成长。但是当真的长到足以告别青春时，才突然发现，原来长大让我失去了为你吃醋的任性，失去了为你写情书的能力，失去了为你歇斯底里的权利。

当一首歌跟你的某段经历、某场感情纠缠在一起的时候，你就再也没法自主地控制情绪。只要这个旋律响起，你都可能会掉眼泪。咖啡馆听到会哭出来，商场里逛街会哭出来，甚至在家里洗澡放歌都可能会掉眼泪。不是忘不掉什么人，只是始终对自己那场无果的付出和被浪费的太炽热的爱耿耿于怀。

失去一个喜欢的人，大概就像你把一件毛衣前后穿颠倒了，你总会隐隐觉得不自在，觉得脖子不舒服，可是哪里不舒服，又真的说不出。这种难受微不足道，但你就是没办法忽略它。

有这样一个人，你会在想起他时，不自觉地上扬了嘴角；有这样一个人，你会在听到他的名字时，忽然变得沉默；有这样一个人，你会在日记上，写下大段大段的失落伤感。可是爱情总是猜得到开头，猜不到结局。你知道，他终究不是你生命中的那个唯一。

›››››

以前的你，知道我怕黑、怕虫子、怕打针……
怕很多东西，却始终不知道，我最害怕的，
是最终没有和你在一起。

很高兴你来过，不遗憾你离开

ZHEYILU ZHINENG PEINI DAOZHELILE

你走了也好，不然我总在担心哪一天你会离开，在患得患失中纠结。

错过的不怨，爱过的不恨。我会勇敢地向前走，安宁地去生活，不再对谁隐瞒，不再因为谁而否认。曾经的我确实深深爱过你，现在的我终于让这一切过去，诚实且坦然。我想有一天，我再想起你时，不是沉默或哽咽，而是微笑淡然地讲述，那便是我在你那里得到的最好的成长。

当你试图忘记一个人时，其实你心里已经想他好几百次了，既然忘不掉，不如在心里放好。时间终会将这段感情磨平，或许你今后不会再喜欢像他这样的人了，但会记得自己曾经喜欢他的感觉，很痛，但还好他出现过，让你明白，没有一个人非要有另一个人才能过一生。

我庆幸所有东西在即将消失的时候，就懂得了有多珍贵。仔细想想，除了珍惜和怀念，也没有其他能留住的办法，自己的心酸和欢笑滋生出无数缠绕的藤蔓，会想、会闹、会难过，可能也会忘不掉，但我仍然感激，感激所有有你参与的日子。

有一天，我梦见我们不曾相识，
当我醒了，才知道我们原是相爱的。
有一天，我梦见我们在一起，
当我醒了，才知道我们早已是陌路。

如果真的没在一起，你也别难过，也许他只是在你无聊的时候给了你一些陪伴，在你还没了解自己想要什么的时候给了你一些惊喜，失去的东西，就顺其自然吧，转身的方式有很多，纠缠是最不酷的一种。

曾经天真地以为，你会是我今生的永恒，直到后来才发现，我错了。记忆中你的容颜，我似乎再也描绘不出轮廓，曾经的诺言也已随风而去，消逝得连一点痕迹都没留下。我知道，这页时光的记载，从你转身的那一刻开始，我便再无力量去翻阅。你的世界，我只是路过的幸福。

青春的年华里，每个人都拥有两支笔，一只叫作记忆，在青春那卷泛黄的日记本上记录时光留下的残骸；另一只叫作爱情，这支笔的本意是想在青春的书页上留下一笔墨绿，可是却被清风吹翻了页码，留下一段无言的结局。

都说爱上一个人，所以才会爱上一座城。但即使是分开后很久，你不再爱那个人，但依旧会爱着那座城市。所以每个人的手机上，都会留着一个城市的天气。那是你心里的痛，也是你心里的留恋。因为曾爱过一个人，所以永远留着他的天气。

对你再多的喜欢，
也换不出未来。分开以后，
我的未来充满了一万种可能性，
可惜再也没有你。

爱你，是我做过最好的事

ZHEYILU ZHINENG PEINI DAOZHELILE

即便不曾说出口，爱过你也是很值得的一件事情，而我的离开，也是爱。

年少时的爱情，从来都是如此浓烈，一颗心只为那一个人。后来想起的时候，都分不清自己是那样爱过一个人，还只是怀念那段为爱奋不顾身的时光。有人说，一个人少年时一定要经历一场爱恋，为此思量，为此忐忑，为此不顾一切。体会此间暗涌的强大力量，这将是一辈子最美好的时光。

你存在的意义，是诠释了我仓促青春里的爱情。也有很多次我想要放弃了，但是它在我身体的某个地方留下了疼痛的感觉，一想到它会永远在那儿隐隐作痛，一想到以后我看待一切的目光都会因为那一点疼痛而变得了无生气，我就怕了。可是我从没怀疑，爱你，是我做过的最好的事情。

当你有一天老了，我也老了，那么不会遗憾，至少在彼时有限的时光里我曾用心地爱过一个人，迷恋又深爱着。当有一天我再也无法触及你的脸，那么不会失望，毕竟我曾经拥有过那段疯狂的岁月，无关风月，却刻骨铭心。

最美的相遇，
是不言过往。
最好的离别，
是不问归期。

你也有一个忘不掉的人吧，即使那个人没有陪你走到最后，不管他是不是你最好的朋友或者是不是你爱过的人，你都割舍不掉回忆，不管如今是分开还是陌生，你依旧心存感激，因为他出现在你最美好也是最容易被辜负的时光里，陪你走过、疯过、哭过、笑过，给过你温暖，这一点，是时光都无法磨灭的。

故事的最后，我们没有在一起，但还是希望你记得我们在一起的岁月，就算那时候我喜欢胡闹、发脾气，还小肚鸡肠，为了一些小事和你吵闹得不可开交。但愿你还能记得我对你的好，记得在我最稚嫩纯情的岁月里，任性地爱了你好久好久。

每两个人恋爱就像上了一艘大船，总会经历大风大浪，然而当我们在结束这段恋情的时候，从船上走下来的你我，肯定还会产生摇晃的残存感，但只要闭上眼睛休息一阵子，就会发现自己又能站得很稳。或许我们会感激那段风雨大浪，让你有所经历，让你成长。

是不是人都是一样，总会活在某个时限内，那里的世界也许是几年之后连自己都无法理解的，但这又是我们无法改变的。曾经为你，千千万万遍，遍体鳞伤还是会义无反顾，也许那就是逝去了的青春，大概青春，不是只做值得的事情。

>>>>>

多谢你如此耀眼，却做过我平凡岁月里的星辰

ZHEYILU ZHINENG PEINI DAOZHELILE

“你还记得他吗？”

“早就忘了。”

“可我还没说是谁。”

多年以后，我们沿着曾经的脚印，找寻那些丢弃在回忆里的温馨，突然发现，坚强的自己竟然无法负荷一滴眼泪的重量。人生总有太多无奈的风景，每一个故事的背后，都酝酿着诸多的懂得，每一滴眼泪的背后，都隐藏着一段无法忘怀的曾经。

你是一处足迹，是一个记号，是一段故事，是我心中的一个旧址。在那里，你的微笑好似山茶纯白，荡出优美的侧影，与我的心撞出怦然的声音。它会让我在许久以后，还能时常对彼此念起。有一个地方，只有我们知道。

希望你能明白，我是真的爱了你很久，一直等到失去了勇气，才不得不让自己放下，那种感觉我无法描述。我陪你走了很久，为你做了很多，但是到最后，波澜不惊的人始终是你，而还没说话眼眶就湿润的永远是我。

如果暗恋的人是哑的，
那么，被爱的那个人，
便是盲的。

在成长的过程中，女孩总是比男孩成熟，所以她们注定要承受男孩不够成熟带来的伤痛，而男孩也要经历承受不住女孩的这种成熟所带来的伤痛，彼此承受的伤痛太多时，自然就会选择放手。而和女孩在一起时的点点滴滴磨砺着男孩日渐成熟，但是当他长大成熟后，爱的那个人却不再是当初那个教会他如何去爱的女孩。

月亮只有一个，星星却有亿万颗，大大小小。爱上一个人就是会觉得，他就是夜空中独一无二的那个月亮。所以有时候，多希望有个人能告诉自己，为什么我把他当成独一无二的月亮，可是突然间，他就从彼此的天空消失，找不到了。爱情是两个人的事，但离开后，爱情就变成了一个人的事。

我不该怪你，没有把深情的诗读给我听，因为只是你太累时恰巧经过我的湖心；我不该怪你，以一枚梧桐树叶滞住我的呼吸，因为你内心的锚过于沉重，你不期待再一次冒险的航行；我不该怪你，用一瞬间的相思换取我永世的铭记，因为你拥有一双飞翔的翅膀，注定要离我远行。

成长的路上，总是点缀着各种各样的离别。当时，我们坚信离别是为了重逢，所以，说了再见。其实，世界太大，那些当初说的永远不分离的人，一次分开，就可能后会无期，天涯两忘。再见，其实不是告别，而是一句承诺。

›››››

一定会有那么一个人，
当你想起他时，
心里就会掠过浮云般的温柔。
被血脉里的感情牵引，
天涯海角，莫失莫忘。

你哪里都好，只是无缘到老

ZHEYILU ZHINENG PEINI DAOZHELILE

先红了脸，再红了眼，也许这就是爱情。

我大概能感觉到，我所具备的爱的能力，正在消失，热情和好奇心都被你偷走了。我很难像爱你一样再去爱别人，哪怕他们扮成老虎，穿着星星做的衣服，我也没有探究的愿望。我总是会想到以前，和你吵架，和你传纸条，然后和好。放学的时候你会等我，远远望见你心也会跳个不停。我真的好怀念你。

我还会意犹未尽地想起你，以及有关你的所有。我在教学楼西北角上的最后几级阶梯遇见你，还有我在七楼的窗台上喊出的你的名字，一切风逝。这些色彩游离的画面构成初恋的全部背景，像古代的壁画一样漫漶在岁月的抚摩之中。你写在沙滩上的情话被潮汐卷走，但是在我心中却镌铭如铜刻。

你有你的苦辣酸甜，我有我的喜怒哀乐，没能走到最后，也不曾后悔。既然相遇的时间不足以让我们彼此停留，那就愿今后的我们，抵着各自的骄傲，好好生活，互不打扰，唯有怀念。

任何东西在最美好的时候结束，才能永恒。
已经结束的不要纠缠，
他若说再见，你只负责点头转身就好。

没有所谓的快乐和痛苦，同样，也没有所谓的怀念与忘却，有的也只不过就是这样淡淡的青春吧。在短暂的岁月里，我只是简单地爱过你，得到或者没有得到；简单地被你爱过，知道或者不知道。即便是最终也像所有故事的结局一样，散落在天涯，两两相忘。

你是我值得珍惜一生的记忆，开心或者不开心，结果或者无结果，当年我们爱就是爱，不爱就是不爱，不喜欢暧昧不清，从一见钟情到一拍即合也往往不需太久。我们经历着各种欢乐与伤痛，认真地付出与收获。我们都很好，只是时间不凑巧。

在心中藏着一个人，一切与美好相关的故事里，有他的身影，虽不能拥有，却仍可以爱着、喜欢着、想着，或许这也是另一种幸福。他曾一路让你傻笑，此刻也叫你思念，然后你突然觉得自己也很幸福，起码有个人一直在你心里，直到现在。

总有那么几首歌，听着听着就会潸然泪下；总有一些故事，想要去用笔记录；总有一个人，让你一生难以忘记。月色迷人的夜晚，朦胧的灯火，会想起很久没有再翻的一段故事，会想起让自己心动过，又心痛过的他。爱，那么短，而回忆，却那么长。这短短的一瞬，在不经意间刻骨。

>>>>>

被你喜欢过以后，再没觉得别人有多喜欢我

像所有陈词滥调里的故事一样，你不见了，我才如此想念。

有一些时光，要在过去后，我们这才会发现它已深深刻在记忆中。多年后，某个灯下的夜晚，蓦然想起，会静静微笑。你已在时光的河流中乘舟而去，消失了踪迹。可是在我心中，却流淌着跨越了时光河流的温暖，永不消逝。

岁月已将我心锻成坚强的铁，令我能从容于人世风霜。唯有你，轻易地就能让它碎裂。只因，你是我所有的青春岁月，是我所有不能忘的欢笑与哀愁，坚硬的外壳下，总有一处深藏的角落，为你温柔地跳动。

在最后的离别时刻，我听见自己骨节拔高的声音，细胞分裂时窸窸窣窣的声音，不停地掉屑，齿轮在坚硬地磨合，可是疼痛已经不再切肤。告别你的那个晚上，是漫天的淫雨，窗外嘈杂一片。一直忘了告诉你，我是那么舍不得你，那么的舍不得。

很久以后我们才知道，
如果一个女孩说她再也不理你，
不是真的讨厌你，
而是她很在乎你，
非常非常在乎你。

这一生好漫长，有些人错过了，让我明白爱和拥有是两件事、适不适合比喜不喜欢更重要。那么多年的喜欢，让我们之间拥有了更深刻的联系。比情人饱满，比朋友扎实。那是，羁绊。或许一切都是最好的安排，就是后来我们没有在一起，但是很久很久以前，还好遇见你。

你一生中会遇到许多美好的人，可是最打动你的，永远是年轻时遇到的那个。正如你一生听到许多好听的歌，可是你唱得最好的，永远是年轻时学会的那首。终有一天你会知道，公交车五分钟一班，地铁七分钟一班，有的人、有的事，一辈子只有这一班。

我在找寻你所藏匿的时光，它们刻在谁的掌心，倒映在属于谁的夏天。混沌了光线，拉长为旧日画面，触摸到光阴厚重的弥留。我躲在年轮的光阴，独自化作思念。没有人会在乎指尖划过的弧线，只有你迷离而又温柔的双眸，才是黑夜最惊鸿的一瞥。

有的人和事大都陪我们走过一段回忆，只是当时年纪小，没有人知道有些再见是再也不见，有些告别其实是一种永别。等到终于明白这一切的时候，你早已消失在天涯，唯有在岁月里堆积思念的沉沙。但好在，我们还记得一切，哪怕事后再回想，也有暖意涌上心头。

>>>>>

也许有一天我会忘了你，也许我会更爱你

ZHEYILU ZHINENG PEINI DAOZHELILE

后来，当别人说起爱情，我还是很容易想起你。

如果有一天，你要离开我，我不会留你，我知道你有你的理由；如果有一天，你说还爱我，我会告诉你，其实我一直在等你；如果有一天，我们擦肩而过，我会停住脚步，凝视你远去的背影，告诉自己那个人我曾经爱过。或许人的一生可以爱很多次，然而总有一个人可以让你们笑得最灿烂、哭得最透彻、想得最深切。

偶尔驻足久歇，在回忆里留下一张干净阳光的脸，却在一眨眼间，你试着去问候，才发现他早已转身离去，只是不经意间在生命里遗留下了一道光，从未触摸，却感觉好像时刻都陪在身边，只是那么近，却那么远。有的人，在你的青春路过了一阵子，却在记忆里搁浅了一辈子。

也许多年以后，我会淡忘曾经经历的所有细节；也许多年以后，我会忘记自己为你的奋不顾身。所有关于我们的记忆，都敌不过将来我们的忘记。但无论时间如何流逝，日后的我，都不会忘记当初爱你时的心情。

我不确定自己能用多少时间把你忘记，
我只能像现在这样，不吵不闹、不悲不喜，
安安静静地与你再无交集。

我觉得这个世界美好无比。晴时满树花开，雨天一湖涟漪，阳光席卷城市，微风穿越指间。入夜，每个电台播放的情歌，沿途每条山路铺开的影子，全部是你曾经不经意间写的一字一句，留给我日后年复一年地朗读。

夕阳偶尔也会刺痛双眼，我躲进悲伤的泥土里，小心翼翼。你真的离开了，杳无音讯，平淡的日子变得那么显眼。逝去了年少的义无反顾，幡然醒悟才知道，一切都已尘埃落定。只是，我不敢告诉你，我从来没有一刻真的放下过你。

拼命地写有关于你的诗，以为只要写完了，就能彻底告别过往，告别你，潇洒地度过余生。而我却忘了，我的心真的很小很小，小得只能容得下一个人；我的心又很深很深，在心底总有些往事难以割舍。

你见了树，以为就看见了整片森林；你受了伤，以为今后再也不会这样爱一个人了；你灰了心，以为这个世界太糟糕不会再好了。以为过不去的很多事，后来时光都写在脸上，成了难忘的回忆。夜风徐徐，望着星空，心里有一个可以想念的人，真好。

我们在一个叫夏天的路口离别

这一路
只能陪你
到这里了

FIVE

平淡的流年里，
那些不经意却再不能相遇的离别，最是刻骨。
那时我们以为放弃的只是一段感情，
后来才知道，那其实是一生。

我们在一个叫夏天的路口离别

ZHEYILU ZHINENG PEINI DAOZHELILE

最深的孤独，是我明知道自己对你的思念，却只能对它装聋作哑。

下雨天的时候，最容易引发一种思绪，那是一种感觉，随时会趁你不备，窜进我的脑海，直达心脏。想念一个人其实是一件很美的享受，带着点甜又带着点苦。最怕无人可念，心如止水。孤单备至，无人诉说。窗外有雨，心里有你，虽不能见面，不能靠近，不能触碰，但也会在心里留好一个位置，安安稳稳放着你。城市在下雨，我在想你。那么，你呢？

你我在一个叫夏天的十字路口挥手，惜别过后，我将你深埋心底，在孤单的时光里游走接下去的日子。此后，我开始习惯一个人，带着所有的回忆在柔风斜阳下种花，并满怀希望有一日，能将它们亲手捧送到你的面前，献给你，献给深爱过的你。

岁月，你是温柔的刀，我在梦里，不觉得你的锐利，醒来的时候，才知道你如夏日骄阳般炙热。我还记得那年晴空万里，那一道云的弧线，蜿蜒着思念写下故事的总结，我还记得那年你的脸庞刻在从前最美的时间里，在我生命里你不曾告别，不曾走远。

原来，说好的一辈子，

不过是到毕业之前。

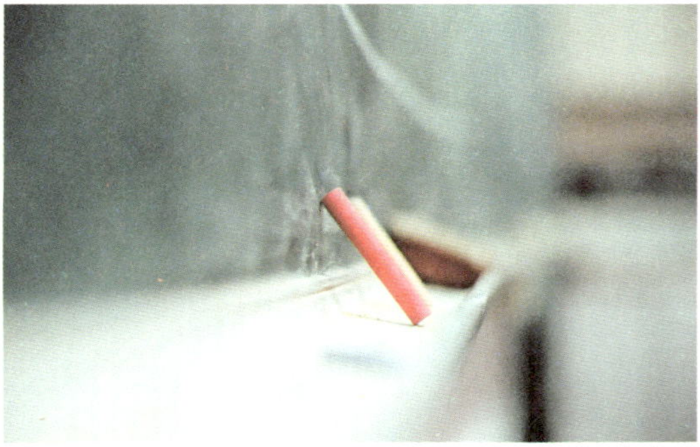

爱情的最开始，我们总是愉快地笑着，仿佛这辈子再也不会哭了一样，仿佛这辈子除了眼前人，彼此再也不会牵起另一个人的手一样。一段爱情，两个人成长。无论是否能够终老，那么投入地爱过彼此，流过那么多真心的眼泪，我们都长大了，也都不曾辜负那段青春岁月。

这是一个流行分别的时代，而我们总害怕告别，又不擅长告别。到了这一天，不知道会有多少遗憾与懊悔，又会有多少眼泪。青涩时光里的许多次告别，不过是毅然转身，换一段旅程。大概好好活过，就是最好的告别。

所有的结局都已写好，所有的泪水也都已启程，却忽然忘了是怎么样的一个开始。在那个古老的不再回来的夏日，无论我如何地去追寻，年轻的你只如云影掠过，而你微笑的面容极浅极淡，逐渐隐没在日落后的群岚。遂翻开那发黄的扉页，我含着泪一读再读，却不得不承认，青春是一本太仓促的书。

四季轮转，唯独夏天里发生的事，记得最清晰，念念不忘。你说，会不会是因为夏天温度高，蒸发了多余的东西，只剩下最美好的人和事。他们会在记忆的隧道里，在我们不复从来的光阴里，闪闪地发着光。

每一次告别，最好用力一点。
多说一句，可能是最后一句。
多看一眼，可能是最后一眼。

我淋过最大的雨，是你在烈日下的不回头

ZHEYILU ZHINENG PEINI DAOZHELILE

你笑了笑，我摆一摆手，一条寂寞的路便展向了两头。

我曾执拗地相信，你迟早会用沉甸甸的爱拥抱我、抓紧我，却猛然发现你早已从我生命中消失，甚至没有留下一点点痕迹，哪怕是一个电话号码。我已经记不清你的眉眼，我想我已经将你忘记，只是偶尔在温热的夏天，还会想起你，想起你离开我的那一天，高高瘦瘦的背影透着我永远也追不上的倔强。

后来我才知道，那些真正要走的人，吝啬得连说再见都觉得是浪费时间。而那些嚷着说“喂，我要走了”，还一步三回头的人，只不过是想你说一句“留下来好吗”。最大的遗憾，是连离开都不能当面说清楚。或许一个拥抱就能解决的事情，最后却是没有任何解释的形同陌路。

直到现在，我还记得第一次遇见你的情景，只是真的没想到，你后来悠悠散散地在我的心里住那么久，还赖着不肯走。直到现在我还记得最后一次见你的情景，除了不舍得你走，还有想陪着你一起走。因为我害怕：那一别，可能就是永久。

如果你叫我，而我没有回头，
那唯一的原因，就是我哭了。

从前我们总以为越长久的感情才越显得珍贵，无论友情还是爱情，都希望是一辈子。可这些并不是我所能预料的。等时间沉淀后，我才明白，每个人的出场都有不同的意义，我不得不接受有人会注定陪我到老，也注定了会有人中途离席。

在你转身离开的那一刻，我忽然理解了电影里那句：爱情就像爱祖国、爱山川、爱河流的意思。因为山川不曾回应，河流一去不返，但是它们却会在你生命里呼啸翻滚，波澜壮阔。

不管如今我们是怎么样的关系，至少我曾经深爱过你一场，至少在那场一对一的爱情赛事里面，我也曾为你倾倒。现在想起来，我会觉得，当初就算是哭着分开，如今也可以笑着回首属于我们的那段往事，这也就足够了。如果在未来的某天，有人提起我们曾有的交集，我可不可以告诉他，那是我一生中最美好的回忆。

我就这样安静地爱着你，你平静地、安心地离我远去。我注视着你的背影，很想将你挽留，但是我说不出口。常常想起与你有过的点点滴滴的小事，安慰着自己，故事温习一遍又一遍，但我不觉得陈旧，相反，每每想起微笑总是漾上嘴角。

过程和结局都有了，再去纠缠，连自己都会觉得贪婪。

不是所有答案，都如最初所愿

ZHEYILU ZHINENG PEINI DAOZHELILE

缘分是本书，翻得不经意会错过，读得太认真会泪流。

当我用最为平淡的口吻轻描淡写地讲述着那些匆忙的过往，才渐渐懂得曾经隐忍晦涩岁月里的自己，却已无岁月可回头了，而你终成了我的一场旧梦。后来我不得不承认，原来爱你只是昨日的痴心错付，不过没关系，毕竟不是所有的答案，都如最初所愿。

故事的开头总是这样，适逢其会，猝不及防。故事的结局总是这样，花开两朵，天各一方。下一个爱上他的姑娘，请你替我好好爱他；下一个他爱上的姑娘，请你好好珍惜他。我要感谢那个要陪他走一生的姑娘，谢谢你，实现了我一直以来的梦想。

时光中相遇的故事或许有一个人生只如初见的开始，却无法拥有一个永如初见的结局。一季荼蘼花事了。那些深情若许的故事，那些铭心刻骨的往昔，都不过是岁月长卷里淡淡勾勒出来的一笔。来了，又去了，生命不过是一场叶落匆匆，一个转身，那个熟悉的身影就已融入到茫茫人海，无处找寻。

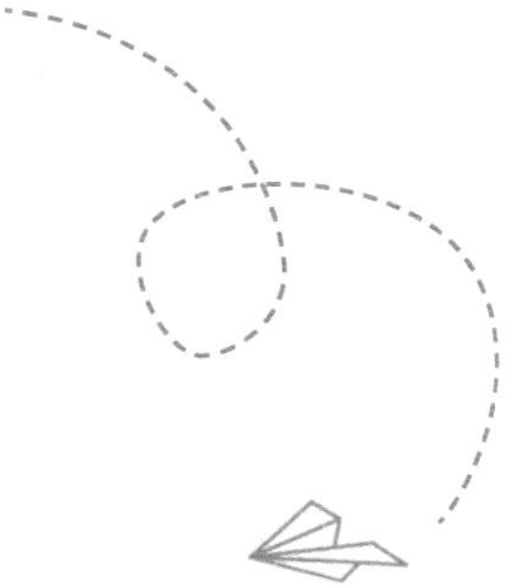

故事的开头总是这样：
适逢其会，猝不及防。
故事的结局总是这样：
花开两朵，天各一方。

你相信他在动情时所说的话都是真的，许下的承诺也是真的，一腔热血也是真的，至于后来谁辜负了谁，都是后来的事情，谁又能提前预知呢？不能因为结局不完美，就否定了所有过程，毕竟人生中有太多美好的事情是没有后来的。

人生就像一场舞会，教会你最初舞步的人，却未必能陪你走到散场。然而，不论当初的誓言多么动听，却在相同的十字路口，不约而同地选择了转身，默默地消失在了人海。只是，春去春来，潮生潮落，可不可以轻轻地问一句，你还好吗？

每个人在发誓的时候，都觉得自己一定不会违背承诺，而在反悔的时候，也都觉得自己不能做到。所以，誓言这种东西无法衡量坚贞，也不能判断对错，它只能证明，在说出来的那一刻，彼此曾经真诚过。

多少黑名单，是曾经的特别关注；多少互道晚安，如今却变成了“呵呵”与“再见”。很少有一段感情是始终如一的，也不是每个人都会一直守在你身边。就像听一首曲子，调子喜欢就围在一起欢笑，曲终人散，就好好道别，从此不再打扰，这是我给你最后的温柔。

›››››

把联系方式彻底删除的那个人，
往往也是对过往难以忘记的那个人，
看似决绝潇洒，
其实心里难过得要窒息的感觉，
只有自己知道。

很多人到最后的关系，就是没有关系

ZHEYILU ZHINENG PEINI DAOZHELILE

我们笑着说再见，却深知再见遥遥无期。

也许，我们大部分人的告别，没有那么多波折和风浪，只是一起走到了某个路口，你要去福地洞天，我却想找海市蜃楼。绿灯一亮，大家只好分头走，没有理由忧伤，没有资格惆怅，连再见都来不及说出口。很多事没有来日方长，有的人只会乍然离场。

虽然前一刻还拥抱在一起，但也许是时间未到，我们不知道下一秒是否便各自天涯。是不是有些人不需要说再见，就已经离开了；是不是有些事不用开口，就已经明白了；是不是我们的最后，没有电话，没有问候，没有消息，就像是毫无关系的陌生人。

我们终将在时光中陌生，好似不曾相识。不得不说，这是一种很悲凉的结局。想起这尘世，最为美好的，该是远远想象着而又无法触及的东西。因为遥远，所以珍贵。又因为遥远，越来越陌生。所以，不要说，离开以后还会想念；不要说，分手以后还是朋友。离开一个地方，风景就不再属于你；错过一个人，那人便与你无关。

曾经没日没夜地无话不谈，
最后竟变成了『点赞之交』。

我一直都忘了告诉你，我的梦里总是有你，我心里一直有你，只是比例变了而已。现在终于要到了分别的时候，你比我先走，我反而觉得有些欣慰。这样的悲伤迟早会让我们其中一个人单独体会，那就让我来承担好了。没有什么忘不了的，总会在以后的日子忘了你，先忘了你的样子，再忘了你的声音，忘了你说过的话，现在不行，但以后可以。亲爱的，我爱过你，爱了整整一个曾经；亲爱的，对不起，我要离开你了。

以前，我有过这样一个手机，它只能储存200条短信，里面装着满满的回忆。每当存满了，都要精挑细选地删掉一点，当时真的好想要一个能存500条短信的手机。而如今，我有一个超大内存的手机，但却再也找不到那个能给我发200条短信的人了。曾经没日没夜地无话不谈，往往最后也变成了“点赞之交”。

我们很多人口中的“以后”，在后来是没有兑现过的，像小朋友充满期待地看着玻璃窗里的玩具，父母说的那句“以后再买”；也像你牵着我的手，说以后可以永远在一起，可终究没有抵过时光，没有抵过这漫长的以后。

别人删你的时候，系统不会告诉你，因为怕你伤心。你删别人的时候，系统会问你确定吗？因为怕你后悔。那些发誓要陪你走完一生的人，可能走到半途就迷路了。有时候我们吵着说回忆多汹涌，静下来才发现，岁月从来不喧哗。我们能做的就是迎风走下去，慢慢地去接受，很多人走到最后的关系，就是没有关系。

›››››

有没有这么一个人，
曾经占据了你全部的生活，
现在却连声问候都会觉得尴尬。

好 在 兜 兜 转 转，也 曾 被 你 温 柔 相 待 过

ZHEYILU ZHINENG PEINI DAOZHELILE

我有一点害怕，害怕在你的记忆里，

我的模样对你来说不够美好。

有些人注定只会活在你的心底，消失在你的生活里。你从心底知道自己爱过他，尽管已经记不起他的样子。因为这爱如此深重，以至于你一度以为自己永远也不会忘掉。直到有一天你发现，那些堆积在心里的思念，竟然不知不觉变得无影无踪。但至少，他让你觉得，曾经遇见他，是一件值得被祝福的事。

也许，只有十分年轻的时候，只有初次启封的心动，会令一个人心甘情愿地，将许许多多时光用于徒劳的爱恋吧。可也正是这份徒劳，可以让一些时光结晶下来，虽早已与当下无关，却有时悄悄地闪着光，照亮今后岁月的一隅。

在无数个睡不着的晚上，我会习惯性地闭上眼睛，安静地想念一个人，想念一张脸，会想起以前一起说过的话，一起走过的路，在一起的一切。一个人会傻笑，然后是微微地心痛，或许最美的不是留住时光，而是留住记忆，但愿时光只如初见。

每段时光，
只要放在心上，
已经是天长地久了。

生命中有很多东西，能忘掉的叫过去，忘不掉的叫记忆。一个人的寂寞，有时候，很难隐藏得太久，时间太久了，人就会变得沉默，那时候，有些往日的情怀，就找不回来了。或许，当一段不知疲倦的旅途结束，只有站在终点的人，才会感觉到累。其实我一直都明白，能一直和一个人做伴，实属不易。

曾许愿，郑重地勾过手指，时间可以任性地前行，我们却不能枉顾这一场盛世浩大的相逢。混沌的思维记不得书本上蝌蚪般的文字，参不透那素白纸张刻下的黑白墨迹，却能清晰地记得夏天单车后座她摇晃的双腿，肆意飘扬的发梢传来的淡淡幽香。许久以后的今天，梦里依旧会回到那年斑驳青春途径的小幸福，点点滴滴印在最初与最终永远不曾忘却的留言板上。

青春的颜色，就是我们一起生活过的这座小城的底色。旧城已无旧少年，那一段时光、那一个人，永远地沉在那样无波澜的地方。它就像一件珍稀的宝贝，被我捂在胸口，无论何时想起，都能感受到滚烫的温度。

多年以后，我沿着曾经的脚印，找寻那些丢弃在回忆里的有关于你的温馨，突然发现，坚强的自己竟然无法负荷一滴眼泪的重量，人生总有太多无奈的风景，每一个故事的背后都酝酿着诸多的懂得，每一滴眼泪的背后都隐藏着一段无法忘怀的曾经。

>>>>>

每当我在长夜中想起你的时候，
温暖总是涌入眼眶。
我好怕再也遇不到像你对我一样好的人，
余生太长，你好难忘。

来年陌生的，是昨日最亲的某某

ZHEYILU ZHINENG PEINI DAOZHELILE

无论我们最后生疏到什么样子，都别忘了，曾经我对你的好都是真的。

记忆中你的容颜，我似乎再也描绘不出轮廓。曾经的诺言也已随风而去，消逝得连一点痕迹都没留下。我知道，这页时光的记载，从你转身的那一刻开始，我便再无力量去翻阅。只是在清冷的夜里，忧伤与思念共舞，洒满了我孤寂的心灵。而我，久久不愿醒来。

我们最怕看到的，不是两个相爱的人互相伤害，而是两个爱了很久很久的人，突然分开，像陌生人一样擦肩而过。我受不了那种残忍的过程，因为我不能明白，当初植入骨血的亲密，怎么会变为日后两两相忘的冷漠。

有一天，你终会发现，那曾深爱过的人，早在告别的那天，已消失在这个世界。心中的爱和思念，都只是属于自己曾经拥有过的纪念。有些事情是可以遗忘的，有些事情是可以纪念的，有些事情能够心甘情愿，有些事情一直无能为力。爱情，是缘也是劫。

现在的你知道我没睡，
我也知道你没睡，
看着彼此更新的动态，
却再也不能说上一句话。

让我与你握别，再轻轻抽出我的手，知道思念从此生根，纵此生不见，平安唯愿；让我与你握别，再轻轻抽出我的手，华年从此停顿，热泪在心中汇成河流。是那样万般无奈的凝视，渡口旁找不到一朵可以相送的花。我明白，来年陌生的，是昨日最亲的人。但我仍把祝福别在衣襟上，不论你知道或者不知道。

也许太年轻，即使我们冥冥之中并不想忘记彼此，也会在瞬息的时光里，将彼此的感情消磨殆尽。时间总是不停地从我们未经风霜的身上碾压而过，当我们从尖锐的疼痛里日渐清醒时，却再也无从想起，这便是你我之间最好的结局。

年华似水，如今早已无处可寻，若不是偶然地路过你家楼下，我似乎都要忘记我曾徘徊在你家的窗前，或是大声喧哗，或是嬉戏打闹，任白昼里四周人声鼎沸，任夜晚万家灯火通明，可眼角的余光却深切地注视着你家的那扇窗，期待你恰巧安然地站在窗前观望静默的风景，然后听见久违熟悉的声音，在流动的人群中追寻我的身影，也许你会有那么一刹那的怦然心动。

你一定不知道，我偷偷进了你的空间，读着你的状态，我不自觉皱起了眉头，我开始看不懂你是开心还是难过了，我终于看不懂你了，你终究是要离我越来越远了吧。我盯着你的头像不说话，然后自嘲着删除了访客记录，或许不打扰才是最好。

>>>>>

说不定，遇见的意义就是为了告别

ZHEYILU ZHINENG PEINI DAOZHELILE

注定要离开的人，血液里就住着风，
我根本留不住。

总有一个人，一直住在心底，却告别在生活里。心里有个人放在那里，是件收藏，如此才填充了生命的空白。年华向晚，抵不过岁月沉香。待到老去的那一天，两鬓斑白、步履蹒跚的我们已经不能再走千山踏万水，你还能不能想起我们的那场遇见？

有一些人，他们在你生命中走过，眉眼带笑，不短暂也不漫长，却足以让你体会幸福，领略痛楚，回忆一生。每个人来到你生命里，自有他的意义，哪怕他只能陪你走一段路，哪怕你们的相遇只是为了告别。至少，他曾在某个时刻与你有过感应，给了你光和爱。

从前以为你是我的路途，会陪我走完人生。后来觉得你是迷宫，让我迷路找不到出口。最终发现你是一条死胡同，把我困在里面，却不为我遮风挡雨。无论你是路途，是迷宫，还是死胡同，自作多情、意乱情迷的始终都是我。但还是感谢你，出现在我的人生里，让我爱过你。

时间之内，你我也许早已容颜沧桑，各自于天涯。

时间之外，你我依旧眉目晶莹，

并肩坐于那落满桃花瓣的教室台阶上。

很多伤心的故事讲到最后，只有两句话，你不会回去了，而他也不会再来，他是走掉的，而你是走丢的，有些感情莫名其妙地开始，又毫无征兆地结束，一切被提前安排，所有的故事有始有终，最后都要整理好心情，好聚好散。

我爱你整个四季，从青涩的十七岁到即将毕业的二十岁。大概每个人都忘不了的，是曾经懵懂的冲动，和那个永远也忘不了的梦。爱过恨过，最初的承诺、真诚，后来越走越远。我不再是你的铠甲，而你也不再是我年少时执着的梦。

缘起，在人群中，我看见你；缘灭，我看见你，在人群中。爱过了，就别问是缘深缘浅；珍惜过，便是永远。年少的感情，遇见、交错，也许已然是最好的结局。岁月，就在这念与不念之间渐行渐远，你我的心都在路上行走，一半欣喜，一半忧伤。

遇见是两个人的事，离开却是一个人的决定；遇见只是一个开始，离开却是为了遇见下一个离开。难为你走了那么多路和我相遇，也庆幸在匆忙的年纪里抓住过你。未必懂事，未必成熟，也未必能道出爱与喜欢的意义。在一起是幸运，若不在一起，我想，那故事一定会另有安排。

我会怀念你，
然后爱别人

这一路
只能陪你
到这里了

SIX

我们太年轻，
以致都不知道以后的时光竟然那么长，
长得足够让我忘记你，
足够让我重新喜欢上一个人，就像当初喜欢你那样。

把你留在记忆里，放弃在生活里

ZHEYILU ZHINENG PEINI DAOZHELILE

不管过了多少年，还是拒绝不了和你相似的眉眼。

或许，各自安静生活数年后，在某个人潮拥挤的街头，透过公交车的玻璃窗突然看见你，想让司机马上停车，想用力拍打窗户来引起你的注意，想从车上跳下来，想大喊大叫，把整个阻隔在你我之间的世界撕裂，在激烈的想象中把自己感动得快哭了，而事实是我只会一动不动地坐着，安静地看着你远去。

你问我过得好不好，我说我很好。什么是很好？就是我一个人开车路过无边荒原、我闭眼站在深不可测的海边、我应付着生活里的些许算计、我抵抗着命运偶尔的不怀好意……那些时候，我都很想打个电话和你说，我怕。但最后我都忍住了，我不能再依赖你。我很好，虽然还想你，却仍旧学会了放下你。

我们曾用数年的时间去爱一个人，用数年的时间去忘记。浓烈地爱过，撕心裂肺地疼过，然后却牵着另一个人的手走进婚姻的殿堂。没有我以后，别再一个人喝酒，也别再来找我，你那么可爱，本就应该遇见更好的人。

就算我不记得你了，
但我手机的输入法还记得。

我有很多重要的东西在有意无意间丢失了，我走过的路，去过的地方，喝过的酒，唱过的歌，在脑海中也逐渐模糊了。当我想起这些的时候，还是会有点心痛，可我知道，时间在让某些事情变得面目全非的同时，也会让另一些事情在生命里纹丝不动，比如想念，还有爱。

真正的放下是你不删除和他的聊天记录，也不把他拉进黑名单，只是任由他躺在通讯录里，再也不去点开。他像你掉进床底的笔，落在地铁站的水。他留下的那些痕迹，就像沙发缝隙的灰尘，油烟机上的油渍，你不会为它特意来此打扫除，只是心情好的时候，顺手一擦。爱过是真的，放下也是真的。

爱上一个人可能只用一瞬间，而忘记一个人却要付出一辈子。因为深爱，所以沉默；因为懂得，所以宽容；因为想保存一份美好，所以选择珍藏。只是，在渐行渐远的回望里，那些痛过的、哭过的，都演绎成了坚强；那些不忍遗忘的、念念不忘的，都风干成了风景。而后，一个人的夜晚，我终于学会了于一怀淡泊中，笑望两个人的白月光。

留一段时光给你，留一段回忆给自己，我不是带你回到悲伤的过去，我只想告诉你，既然过去了就过去吧，未来一样光影绚烂。没有人能回到过去，时间也不会止步不前。身边的人来来去去，渐渐地我开始坚信，他们的出现是为了教会我一个道理：有些人只能做生命中的过客，但有些人会留守一辈子。

谁的青春没有浅浅的瘀青，
谁的伤心能不留痕迹。
但是，回忆总算还留一点点余地，
那个白衣少年，
从此只能在回忆里相见。

时 间 向 来 慷 慨 温 柔，
把 好 的 坏 的 都 带 走

ZHEYILU ZHINENG PEINI DAOZHELILE

每段青春都会苍老，但我希望记忆里的你，一直都好。

那个消失在人海的男孩，教会你爱是会流动的风；那些约好一起变老的女孩，教会你爱是原地深情的磐石；那些你爱听的歌，翻唱起来却总要跑调；那些零度风景饮的冰，回想起来变成雪扑进眼睛。爱开玩笑的迷藏，睁眼看就走散了故人。以为痛起来会死掉的伤，时光终会为你一一抚平。

时光会匆匆地在你眼角掠过，再想起时，心中已经坦然许多。也仍然会打听关于某人的一切；重复回忆某人说过的每一句话；或许还包括某人每一个绝情的转身。多少个这样的瞬间，或许就跟梦中的淡影一样在记忆的深处挥之不去，永远地刻在了心里。

在这世间，总有一些无法抵达的地方，无法靠近的人，无法完成的事，无法占有的感情。当我再想起你，你的名字，你的笑，你的一切都只能加上一个词叫“别人的”。于是，再想起我们在一起的事，也只能加上一个词叫“曾经的”。 只是有时候，那份短暂相伴的感动还在，真实得让人觉得像是故事。但我知道，伤口有多痛，时间就有多温柔。

只愿多年以后，不论关系如何，
当你谈起我，都能拍着胸脯，眼睛一眯，
告诉别人你从来不后悔认识我，
也是真的快乐过。

或许有一天，我什么都不再记起，一切的一切都成为书桌上那张搁置已久的白纸。我想我会依然留一盏灯给记忆，好让我在光明里找到年少时错过的爱情、错过的你。其实我们每个人拥有的都是这样的青春，没有兵荒马乱，没有动荡不安。不外乎遇到这些人，经历这些事，走过了该走过的，错过了该错过的。已经错过的岁月和已经动过的心，都像逝去的河水，永远也无法倒流。

每个人的心中都藏着一首记忆悠远的歌；每颗心的深处，都裹着一个不可触摸的梦。偶尔夜不能寐时，翻开记忆的碎片，读着曾经的温馨，然后坐在无人的角落，哽咽着喉咙，湿润着眼眶。曾牵手走过的画面，曾拥抱温暖的悸动，已随时光悠悠，随记忆远逝。

时间总是不经意间从我们指间流逝。我们能抓住的唯有记忆，包括伤悲的、美好的过往。青春总需要一些疼痛让我们刻骨铭心，总需要一些伤疤证明我们年少过。时间是世上最无情的东西，因为它会慢慢地扼杀一切，即使是那天荒地老的海誓山盟。同时，它又是世上最好的疗伤药，总有一天它会抚平所有的创伤。

分别时，我突然明白你对于我的意义，不是人生的必需，也不是未来的前提。曾经某段路上有你，初食甜蜜，也看过风雨。你是这岁月得以被记得的原因，也让这条路有不一样的风景。也许你会是我人生中最大的遗憾，但我始终谢谢你，来过我的青春。

如果缘分是一个圆，
那么在圆的尽头，
所有的遗憾，
命运都会安排一种特殊的方式，
来令其圆满。

我愿你好，即使今后你与我全然无关

ZHEYILU ZHINENG PEINI DAOZHELILE

后来你成为了别人的故事，而我，再也不是讲故事的人。

每一段感情曾经犯下的错，我们都希望在下一个人身上寻求救赎，所以往往你教会了我珍惜，我却以之相伴他人；我教会了你爱情，你却与另一个人共度余生，大概这就是成长。也许有一天，我们会变成永不闪烁的头像，静静地躺在彼此的通讯录里。别难过，这是岁月对你、对我、对那段相互陪伴的人生最安静、最平和的留念。

关于你我之间的结局，如果这样还不是最好，那怎样才是最好？无非是你住静谧河滨，我住寂寞城堡。如果这一生我可以有999次好运，我愿意把997次都分给你，只留两次给自己：一次是遇见你，一次是永远怀念你。

爱不一定要永远，曾经拥有的也许会是我一生最美好的回忆。爱过知情重，醉过知酒浓。关于爱的记忆，我会好好收藏，只是今后的幸福，要各自去寻找。也许若干年后的某个午后，阳光下的她眯起双眼，会记起某个美好的瞬间，会心一笑，种种怀念，值了。

我一直以为最糟糕的情况是你离开我，
其实最令我难过的，是你不快乐。

忘记你，不如忘记我自己，告诉自己：不是怕你忘记，而是怕你有一天重新把我想起来。岁月能带走记忆，但回忆却越来越清晰。真的有一天，你回过头来告诉我，你一直惦记着我，我已经不想相信。因为，你已经不是原来的你，而我，再也不是过去的我。因为，等待太久得来的东西，早已不是原来的模样。每段青春都会苍老，但我希望记忆里的你一直都好。

每一个人心中，都会有许多的玫瑰，白玫瑰、红玫瑰，每一朵玫瑰代表了一个牵挂的人。那么，你的心中必定有一朵粉色的玫瑰，代表那个你真爱却没能在一起的人，藏在一个隐秘的地方。那一份收藏，便是爱却不能相拥的遗憾。有了遗憾，心中便会期望得到弥补的心情。

你离开我许久，杳无音讯，平淡的日子里掺杂着思念。逝去了年少的义无反顾，幡然醒悟，一切皆已尘埃落定，只是我并没有一刻放下过你。拼命地写关于你的诗，以为写完了，就能告别过往，潇洒地度过余生。然而人心很小，只容得下一个人；人心很深，在心底总有往事难忘。

曾经的誓言如落叶般随风飘荡到不知名的地方，但我始终相信当初说出它的时候，是发自内心的，在一起过的日子，都是珍珠，用来照亮我今后的路。我知道，若能好好相遇，好好告别，已是对彼此最大的祝福。

›››››

太圆满的故事讲完了也就真的结束了，
反倒是那些不完美的结局，
在我们心里反反复复，惦记多年。

以后你在谁身边，记得对谁好一点

ZHEYILU ZHINENG PEINI DAOZHELILE

下辈子，我想住在你家隔壁，与你青梅竹马，两小无猜。

这世界从不缺好的故事。故事的结局，静香没有嫁给大雄；赤木晴子是樱木花道未完成的初恋。有人曾牵手，但不会到最后，就像刚好在赶不同的列车，可能就与缘分失之交臂；抑或原本以为能长久同行人，结果提前下了车。看似遗憾，但人生漫长，总要允许有人错过你，才能赶上最好的相遇。

那个看起来跟你毫无瓜葛的人，在聊天窗口里写满了要对你说的话，可是却一直没按发送键；那个决绝果断拖你进黑名单的人，在别的地方悄悄关注着你的喜怒哀乐；那个你快要忘记他名字的人，在那么多个容易脆弱的夜里，忍住了一万次想要联系你的冲动，可是这些你都全然不知，不必觉得亏欠，以后谁在你身边，记得对谁好一点。

你迟早会牵着别人的手，吻着别人的唇，抱着别人入睡，我也迟早会戴着别人给的戒指，穿着别人订的婚纱，挽着别人的手成为别人的新娘，也许你会在亲吻别人的脸庞时突然想起我的模样，我或许也会在依靠别人肩膀时眼前浮现你的笑脸，但这一切都与你我无关了，也许这就是青春的残忍吧。

你不更新微博了，
也不发朋友圈了，
我猜你一定过得很好吧，
因为想说话的人就在身边。

照片中的你，胡子凌乱，第二颗纽扣的线有些松了，我只能从零碎的片段猜测你的蛛丝马迹，再也无法睁开眼就能看见你生活的全部，只是偶尔还会想，曾经给过我的温柔，你又转身送给了谁。任何一段情感，都能让彼此成长，当缘分已尽，若能祝福过去，珍惜未来，才不枉相识一场。

有时候我会想，如果我结婚了，新郎不是你，你一定要来参加我的婚礼，因为总算我们也一起踏上了红毯。后来我又想，来参加我的婚礼吧，来砸了我的场子吧，我一定跟你走。最后我想，你还是别来我的婚礼了，因为我怕看见你，你什么都没做，我却想跟你走。

与某些人的缘分，就像在夜色中开的花，黎明之前即自行默默凋谢，且将永不再开花。那是属于月光与阴影的情缘。走出了那段城池，还是要继续赶路。总有一天，你会对着过去的伤痛微笑。你会感谢离开你的那个人，他终究不是你命定的那个人，某个人欠你的，会有另一个人还给你。

起起落落的际遇，到头来一句“别来无恙”，胜过一万句“我爱你”。你左思右想，跟命运所做的全部交易中，遇见他，这一单最划算。其实这个世界上没有那么多的如果，有时候，我们一瞬间失去的东西就是永恒，有些人，一错过，就是一生。而回忆是一场梦，再爱也不相逢。

>>>>>

BEST

我什么也没忘，只是有些事适合收藏

ZHEYILU ZHINENG PEINI DAOZHELILE

时间没有让我忘了你，而是习惯了没有你。

总有一些事情是停滞住的，譬如说所有的第一次，第一次拿到最想要的三好生证书，第一次去最大的游乐场，第一次遇见一个人之后的种种，都像是从那个点延续出来的一些模糊的线段。我们真正喜欢的东西、喜欢的感觉、喜欢的人，在心里应该永远不会变样。

对身在远方的你的思念，变成灵魂深处的蛊，总在不经意间，悄悄爬上心灵深处的晓月眉弯。或许，每个人心中都有一段情，或浓或淡，不近不远，却永远无法遗忘；或许，每个人心中都有一道伤，或深或浅，若隐若现，却永远属于珍藏。

总有一个人，深埋在你的心里，像是件收藏品，如此才填充了生命的空白。你说一辈子有多长呢？可能就在我擦掉眼泪的那一刻，也可能就在我想要忘记你的每一天里，就那样慢慢地过完了。

关于你我之间的结局，
如果这样还不是最好，
那怎样才是最好。
无非你住静谧河滨，
我住寂寞城堡。

若今生与茫茫人海里还有幸与你相遇，我想我会穿越熙熙攘攘的人群，以最美的姿态走到你的面前，给你一个久违的拥抱，我想你的怀抱定和当年一样温暖，那种青春独有的温暖。如果缘分是一个圆，那么在圆的尽头，所有的遗憾，命运都会安排一种特殊的方式，来令其圆满。

我喜欢现在的自己，从早到晚有数不清的事情让我停不下来，没有时间去想念你，每天饿了大口大口地吃肉，渴了就大口大口地喝水，偶尔约上老朋友逛逛街，享受下午茶，聊上几句八卦。努力学会关心爱我的人，弥补之前的过失，过着我理想的生活。原来，只要不去想你，我就可以过得很好。

我陆续遇见了一些人，他们在我的生命里来了又走。好多时候，我都感觉他们某个刚剪完头发的样子穿某件羽绒服的样子、某天阳光撒在肩上的样子像你，又不像你。可最终他们都以这样或那样的形式从我的记忆里消失殆尽，唯独你，一直活在我的心里。

你怕故地重游，最怕眼前的景象依然如过往，却唯独不见了曾经那些人。你怕独自想念，却无人在身边；你怕深夜时寂寞嚷闹，却没人回应；你怕那个你很爱很爱的人，突然哪一天，就消失得像一场梦。于是很多回忆中的那个人，都被你留在了照片里，而拍照的好处，是可以在人生微凉时，用回忆取暖。

>>>>>

所有的一切，
时光它都会记得，
只是已不再带有暖意。

我会怀念你，然后爱别人

ZHEYILU ZHINENG PEINI DAOZHELILE

我无法控制自己对你的难以忘怀，可是我关于你的一切已经再也没有了期待。

我的世界，没有你很久了。偶尔想起那些不再清晰的、渐行渐远的往事，我没有大喜，也没有大悲。我已经可以放下心中的那份不舍、那份怀念了。毕竟，我还要留一份再爱的勇气给自己，留一个机会给要陪我一起走的那个人。

我想你是我逝去的青春，或许以后的我还会喜欢上另外一个人，就像当初喜欢上你一样，也或许除了你，我再也遇不到能让我感受得到心跳的人，到最后只能把你埋在心里。我知道，当青春逝去的时候，很多东西都会面目全非，所以我才更加珍惜，也许你会是我人生中最大的遗憾，但我始终谢谢你，来过我的青春。

在这个世界上，除了你，一定还有别人值得我爱，而我一定也会找到爱我的人。我没有那么脆弱，不开心难过的时候会哭，开心的时候会笑，不想说话就沉默，这些我都可以做得很好。每一段感情都当是在爱情里面的练习吧，因为爱的能力欠缺，所以需要学习，直到可以更好地爱别人，也爱自己。

请你记得我，

记得我的名字和我撒在你身上的年华。

所有的想念和埋怨，都已经足够了，足够我们彼此鼓起勇气，去选择离开彼此，去试着喜欢另一个人。亲爱的，我想告诉你，我把你放下了，谢谢你曾经是我以为的全世界。离开我之后，希望你会比以前快乐。

心上的伤疤，是你的一种怀念。有人伤了你，你一直还记得对方，牢牢不可忘，这才会形成伤疤。而如果你早已遗忘，不要说伤疤，连红印都不会有。所以伤口都是因为你不想愈合，所有的愈合都来自于遗忘。

我没有很刻意地去想念你，因为我知道，遇到了就应该感恩，路过了就需要释怀。我只是在很多很多个小瞬间，想起你。比如一部电影、一首歌、一句歌词、一条马路和无数个闭上眼睛的瞬间。听说，世界上最美的相遇是擦肩，最美的誓言是谎言，最美的爱都在昨天，最美的思念是永不相见，最美的，是永远得不到的。

我也曾幻想，幻想我们还会遇见。或许在城市的一个角落、一间咖啡厅、一家酒吧，诸如此类。只是我们已不认得彼此，又或者与爱情无关，只是寒暄。原来一不小心把一个人丢到人海，便再也找不到了。在熙熙攘攘的人海之中，就算是相似的眉眼、相似的感觉，再也找不到相同的笑脸，再也见不到一模一样的人。

›››››

爱情最美好的地方在于，
即使失去，也会在某一刻，
因为某首歌、某个人、某些动作而被怀念。

愿我们再相见时，都能比现在过得好

ZHEYILU ZHINENG PEINI DAOZHELILE

可惜我只是你的故人，不是你故事里的人。

每个错过的人都是我们路过的一处风景，尽管你我都是匆匆过客，那些骄傲的看客也不过是这世界中的尘埃。你永远都无法知晓这个世界要给我们带来多少考验和挫折，你也永远都无法知晓岁月要将我们如何打磨，但如果可以的话，愿你我都能成为一个有故事的人。

曾经的伤痛，把我们的青春刻进了骨子里，一路成长。它让我们学会了释怀不得不接受的过往，也让我们更好地去把握和珍惜爱自己的人。但愿有一天，我们再遇见的时候，面对面微笑，可以坦然说出那句话，嗨，好久不见，其实我很想念你。

对于真心爱过的人，相忘不相害，是离开对方生命里以后，对彼此最大的尊重和慈悲。在某个不经意的时候，回眸远眺，看着一路走来时的脚步，有苦、有甜、有笑、有泪。走走停停之后，放慢了匆忙的脚步，我们还能感受那一路走来的弥足珍贵，感受曾经有一份情，温暖了彼此的生命。

如果有幸重逢，
我想以好久不见的名义抱抱你。

那一朵还没开过就枯萎了的花，和那样仓促的一个夏季，那一张还没着色就废弃了的画，和那样不经心的一次别离，都成了记忆里一场不散的筵席。来日相见，只想先牵着你的手，温存地哭一场。无需说起这半生已然过去的，哪怕最微小的一丝丝煎熬，只想看见你过得快乐。

有些告别，是为了下一次更好地相见，可有些告别，却成了永远的再也不见。要过多少年，我们才能将激荡的感情收起，变得缄默从容，告别脆弱的精致，告别无用的敏感？不再会遇到风吹草动，就草木皆兵，而是温柔成长，真心祝福对方。

如果一生都会怀念你，不知道怎样的滋味，想必有着甜美的记忆，也有回不去的无奈。所以我想试着去淡忘你，忘却曾经的忧伤，忘却遗憾。想要忘记也许未必是薄情，我只是想用悠然轻松的姿态，去面对未来没有你的时光。

当一切归于平静，你的生命里已经有了别的人。而我们之间，从陌生到熟悉，从相爱到陌生，始终都保持着一颗心的距离。我们都很默契，都不会再走进彼此，都选择沉默和祝福。或许，这样的我们都不会觉得难过，从未觉得亏欠了谁。

›››››

毕业那天，我们告别，
以为告别的是你我，
其实告别的是青春。
重聚时，我们拥抱，
以为拥抱的是彼此，
其实拥抱的是回忆。

这是一本满足读者互动需求的实验性图书。书中为你留有信笺，写下那些你不忍心说出口的告别。它可以是你的心事笔记，一本经过你插画、贴图、记录的作品，替你珍藏曾经每一场甜蜜的心动、苦涩的失恋，和那个你永远怀念的旧爱。正是因为你的参与，让这一路的青春得以珍藏。填满这本书后，愿你已经具备了告别和重新启程的勇气。

图书在版编目（CIP）数据

这一路只能陪你到这里了 / 万诗语著 . — 北京：化学工业出版社，2017.6

ISBN 978-7-122-29509-5

Ⅰ . ①这… Ⅱ . ①万… Ⅲ . ①随笔 – 作品集 – 中国 – 当代 Ⅳ . ① I267.1

中国版本图书馆 CIP 数据核字（2017）第 081566 号

责任编辑：张　曼　龙　婧　梁　虹　　装帧设计：远流书衣
责任校对：宋　玮

出版发行：化学工业出版社（北京市东城区青年湖南街 13 号　邮政编码 100011）
印　　装：北京新华印刷有限公司
889mm × 1194mm　1/32　　印张 6　　字数 150 千字
2017 年 7 月北京第 1 版第 1 次印刷

购书咨询：010-64518888（传真：010-64519686）　售后服务：010-64518899
网　　址：http：// www.cip.com.cn
凡购买本书，如有缺损质量问题，本社销售中心负责调换。

定　价：48.00 元